HIKIKOMORI NO ORE GA
KAWAII GUILD MASTER NI
SEWA WO YAKAREMAKUTTATTE
BETSUNI IIDARO?
QUEST
3

ミューちゃん
言葉を話す
もふもふ魔獣。
憎めない性格
ヴィル
ニート少年だが
身分は貴族。
実は最強！
アーニャ
美少女ギルドマ
スター。性格も
外見も超天使♪

フィーネ
可愛い小妖精。
その出自には
秘密が……!?
トニー
ヴィルの弟。
イケメンで超
優秀だが意外
に繊細？
ステファニー
ドジな手品師。
見物人にやたら飴《あめ》
を配るクセがある

「じゃーん！
かわいいステファニーちゃんの
ミラクル、大成功よーっ！」

ひきこもりの俺がかわいい
ギルドマスターに
世話を焼かれまくったって
別にいいだろう？ 3

東條 功一

HJ文庫
1035

口絵・本文イラスト　にもし

Contents

プロローグ

ああ、人生って素晴《すば》らしいーっ！

俺《おれ》、ヴィルヘルム・ワンダースカイはひきこもりだ。そう、めでたくひきこもりに返り咲《ざ》けたんだ。

毎日毎日、昼に起きてゴロゴロして、本を読んでゴロゴロして、ご飯を食べてゴロゴロして、そんなだらけきった生活が続いているんだぜっ。

「このひきこもり生活、俺は存分に堪能《たんのう》するぞ〜〜〜っ！」

俺は楽園と名付けた自分のベッドにダイブした。とても心地《ここち》いいぜっ。

いやー、ちょっと前に伝説のオバケ退治とか、魂《たましい》を天国に送るイベントとかを頑張《がんば》って良かったー。色々と大変だったけどさ。そのおかげで今は念願のひきこもりライフを堪能できているんだから本当に良かったぜ。

父が俺に許可してくれたひきこもり期間は三週間。だけど、俺はそこからさらに粘《ねば》りに粘って三ヶ月間はひきこもれると計算している。

ひきこもり開始からまだ九日目。俺のひきこもりライフはまだ始まったばかりだぜ。

部屋の明かりを消して、すやあっと幸せな夢を見始めた。本当に幸せな夢だった。

……。……。……。ぐっすり眠《ねむ》ったな。

そろそろ朝だろうか。いや、昼か。時間の感覚が衰《おとろ》えている。だけどそれで困ることは特にないんだよな。だって、ひきこもりだもの。予定なんて一つもないから遅刻《ちこく》だってすることはないんだぜ。

もう少し寝《ね》るか。

すやあ……。……。……。……ハッ、殺気？

目を開けたら、そこには、にやあっと笑《え》んだやばい表情の父がいた。なんと剣《けん》を逆手持ちにして俺を狙《ねら》っている。

俺はニコッと父にスマイルしてみた。父がニコッとスマイルを返した。そして、剣を容《よう》赦《しゃ》なく振り下ろしてきた。

「うおっ、あぶなーーーーーーーーーーーーーーーーーーーーっ！」

俺はごろんとベッドを転がってギリギリで避《よ》けた。

「ちっ！　避けたかっ。さすがにズバ抜《ぬ》けた反射神経だな！」

「ああああっ、また俺の楽園に傷がーっ！」

ベッドに剣が刺《さ》さって穴が開いてしまったーっ。

「それは楽園ではないといつも言っている！　それは我《わ》が屋の汚物《おぶつ》製造機な！」

「そんなひどい！　俺はワンダースカイ家の汚物っていうことですか！」

「ひどくないわ！　紛《まぐ》れもなくその通りだろうが！」

「父上に問いたいです。愛ってなんですかっ？」

「それはトニーだけにかけるものだーっ」

トニーは俺の弟な。イケメンだし超優秀《ちょうゆうしゅう》だ。

「次男ばっかりずるいですっ。長男の俺にはーっ？」

「貴様にかける愛などミジンコほどにもないわっ」

「父上、愛が足りてないです。愛の補給をしましょう！」

「何を言う。私はこの街で誰《だれ》よりも愛に溢《あふ》れている男だっ」

「嘘《うそ》ばっかり！　昨日の晩ご飯は俺だけメインの肉料理がなかったじゃないですか！　愛はどこですか！」

「私の胃袋《いぶくろ》の中だ！　私の肉料理は二人前だったぞ！　はっはー！」

なんて親だ。むかつくー。

「ブーブー！　かわいい長男に愛が届いてませんー。俺、不良になりますよー？」

「はあ？　ひきこもりはとっくに不良だっ。貴様、夜中にこっそりキッチンに忍《しの》び込《こ》んで美味《おい》しい物を食べていただろう。私は全て知っているのだぞ！」

う……。バレテたのか。

俺はこの家の立派な長男だし、晩ご飯の質が低いのを我慢《がまん》することはないと思ったんだ。だから、良いお肉を焼いて食べたんだよな。美味しかった。

「ていうか、何の用事なんですか。俺、ひきこもり業で忙《いそが》しいんですけど」

「ひきこもりは仕事ちゃうわ！　貴様、前回のひきこもりのときに家宝の剣を隠《かく》しただろう。どこにやった？」

「ああ、それならベッドの下にありますよ」

「はあああ？　なぜあんな大事な剣をそんなほこりっぽいところに置くのだ！」

「だって隠しておかないと。父上があの強すぎる剣を持ったら、俺のひきこもり生活を終わらせにかかるじゃないですか」

「当たり前だボケナス」

父がベッドの下に手を伸《の》ばした。そして、家宝の剣を回収する。立派な装飾《そうしょく》のかっこいい剣だ。部屋に飾《かざ》ったらそれだけで絵になる芸術性があると思う。

「それ、高い剣なんですか？」

「値段が、というか歴史的に価値の高いものだな。貴様にはもったいない剣だ」

父が満足して部屋のドアへと向かう。ひきこもりを延長するときは、またあの剣を回収しに行かないとな。

「ちゃんとドアを閉めていってくださいねー」

自分で閉めろと言って父は行ってしまった。開けたのは父なのに。まったくもう。

はあーあ、また執事《しつじ》のリチャードにベッドを直してもらうか……。

翌日——。

「ヴィル様ー。起きてくださいー。起きてくださらないとチューしちゃいますよー」

ゆさゆさ、ゆさゆさゆさ、俺の身体が小さい手でゆっくり揺《ゆ》らされる。まだ俺の身体は起きそうにない。

「起きませんね。私のチューがお望みなんですねっ。では、仕方がないです。起きないですもんね。今なら誰も見ていませんし。うふふ、ヴィル様はいけない人ですねっ」

……なんかよく状況《じょうきょう》が分かっていないんだが、俺は誰かにチューされてしまうのか。

俺の顔のすぐ上から甘《あま》い吐息《とい き》がかかってきた。

「んー……」

これは早急《そうきゅう》に起きねば。俺の唇《くちびる》はそんなに安くはないんだ。

俺はパッと目を開けた。そして、目の前にいる女性の頬《ほお》を両手で受け止めた。

「ふぎゅっ」

俺の両手にぷにっと挟《はさ》まれている顔は天使のようにかわいらしい。白銀の長い髪《かみ》がはらりと垂れてきた。綺麗《きれい》な深紅《しんく》色の瞳《ひとみ》がパチッと瞬《まばた》く。優《やさ》しい笑顔《えがお》を見せてくれたぞ。

「おはようございます。ヴィル様！」

「ア、アーニャだったのか」

この美少女の名前はアナスタシア・ミルキーウェイ。俺はアーニャって呼んでいる。俺がちょっと前にお世話になっていたギルド〈グラン・バハムート〉のマスターだな。

……というか俺、美少女のチューを人生で一回分損してしまった状況か？　なんてもったいないことをしてしまったんだ。激しく後悔《こうかい》どころじゃないぞ。

「や、やっぱりまだ俺は起きてなかった。さあ、アーニャ、もう一度チューを頼《たの》む。チューしたら起きるから。さあ、さあ」

「ヴィル様、〈グラン・バハムート〉が大変なんですっ」

「え。チューは？」

「伝説のオバケの一件以来、おかげさまで〈グラン・バハムート〉に仕事がたくさん来るようになったんですけど」

「チュ、チューは……？」

「でも、〈グラン・バハムート〉の認知度《にんちど》が高まりすぎたのか、仕事があふれるくらいに来てしまいまして」

「チューはダメなのか……？　はあ……。ということはもしかして、俺の手が必要な状況になっているのか？」

「はいっ。ヴィル様に助けて頂きたいですっ」

「なるほどな。……でだ。できればチューをしてくれると嬉《うれ》しいなって」

アーニャが頬を赤らめてニコニコした。

「それは寝ているときだけですよー」

ガーン。残念なんてものじゃないぞ。心が折れそうだ。凄《すご》い美少女の唇ってどういう感触《かんしょく》だったんだろう。チューしてもらえたのなら天国に昇《のぼ》れそうな心地だったろうに。

「はあー、しょうがない。起きるか……」

「よろしいんですか？　これから絶対に三週間はひきこもれるってスキップしながら実家にお帰りでしたのに」

「大丈夫《だいじょうぶ》さ。かわいいアーニャを優先するに決まってるだろ？」

アーニャの頭をぽんぽんした。頭が小《ち》っちゃいし髪の手触《てざわ》りが良いしで超《ちょう》かわいい。

「嬉しいです。私、またヴィル様のお世話ができるんですねっ」

「ああ、よろしく頼むよ」

ニコニコしていてかわいいな。〈グラン・バハムート〉の問題を片付けたら、また戻《もど》ってきてひきこもり生活の続きをしようと思う。それまでは少し頑張るぞっと。

さて、着替《きが》えるか。白いシャツを着てお気に入りの黒いズボンを穿《は》く。ベルトをキュッと締《し》めた。最後にお気に入りのジャケットを羽織る。

「あ、そのジャケットだともう暑いかもしれません」

「そうなのか？」

「はい、もう夏がそこまで来ていますよっ」

アーニャが部屋のカーテンを開けてくれた。

眩《まぶ》しい陽射《ひざ》しが俺の部屋に差し込んでくる。逆光のアーニャはとても絵になるかわいさがあった。

「じゃあ、薄《うす》い生地《きじ》のジャケットにするか」

見た目は変わらないが、軽くて薄くて夏仕様のジャケットだ。シャツも夏用のを選んだ。

俺が部屋の出口に向かって歩き始めると、アーニャが嬉しそうについてきた。これからまた、賑《にぎ》やかな毎日が始まるんだな。新しい出会いはあるだろうか。少しわくわくする。

唐突《とうとつ》に、バーーーンと俺の部屋のドアが開かれた。

大きな音が俺の部屋に響《ひび》き渡《わた》ったぞ。俺もアーニャもその音にちょっとびっくりしてしまった。寝起《ねお》きに聞くような音じゃない。

「兄さん、父上が大変なんです！」

俺の部屋に入ってきたのは弟のトニーだった。

いつ会ってもキラキラな一四歳《さい》の美少年だ。茶髪《ちゃぱつ》に青い瞳は父に似ているが、あの父とは似ても似つかないくらいの美少年っぷりだ。トニーのことを王子様って呼ぶ女の子はたくさんいるんだよな。

トニーは美形にしか似合わなそうな白コーデに赤ネクタイという格好だった。男の俺から見ても反則的にかっこいいと思う。

「ひさしぶりだな、トニー。そんなに慌《あわ》ててどうしたんだ？　父上が俺と同年代の愛人でも作ったのか？」

「そんなしょうもない話じゃないですよ。もっと大変な話です。父上がなぜか僕《ぼく》を、ワンダースカイ家の跡取《あとと》りにするって言い始めたんですよ！　これって大事件じゃないですか。僕はワンダースカイ家の次男なのに！」

俺はポカーンとなった。なんだ。そういう話か。

「トニー、それな、父上の通常営業だぞ？」

「え？　つまり、そういうことをいつも言ってるんですか？」

「ああ、しょっちゅう言ってる」

「そんなひどい！　この家には兄さんという立派な長男がいるのに！」

「おっ、いいぞー。もっと父上に言ってやってくれー」

この家にも俺の味方っていたんだな。トニーは普段《ふだん》は学園の寮《りょう》住まいとはいえ、味方がいたのは素直《すなお》に嬉しいもんだぜ。

アーニャが俺の背中からぴょこっと顔を出した。両手を合わせて丁寧《ていねい》にお辞儀《じぎ》をする。

「はじめまして。ヴィル様のご兄弟のトニー様ですねっ。私、アナスタシア・ミルキーウエイと申します。大きくなったらヴィル様をぜひお婿《むこ》様に頂きたく」

トニーはアーニャを見て顔を真っ青にした。

「こ、こっちでも大事件が起きてますーーーっ。に、兄さん、こんな年端《としは》もいかない女の子を部屋に連れ込んじゃダメじゃないですかっ。これ、かなりまずいですよっ」

「え、そうなのか？」

「世間から見たら大問題ですよ。というか、兄さん」

トニーが超シリアスな真剣顔《しんけんがお》で近づいて来た。

「もしもこのことがバレたら、リリアーナさんが泣いてしまいますよっ」

俺は首を傾《かし》げた。リリアーナは俺の元同級生で今はエリート公務員だが、特に付き合っているわけじゃない。

「なんでリリアーナの名前が出てくるんだ？」

「なぜって兄さん、学生時代はあんなにリリアーナさんといちゃつい……お世話になっていたじゃないですかっ」

いちゃついてはいないなー。

「まあ、世話になったのは否定できないけど」

「僕、将来の義理の姉はリリアーナさんになるとばかり思っていたんですけど」

いやいやいや、気が早すぎるだろ。確かに仲は良かったと思うけど。リリアーナと過ごした学生時代って一〇代の前半だぞ。生涯《しょうがい》の伴侶《はんりょ》を決めるには早すぎる。

「俺とリリアーナの間には何もないよ。だから俺がどの女性と仲良くしていても何も心配しなくて大丈夫さ」

「それ、リリアーナさんも同じように思ってるんですか？」

「え？　さあ、どうだろう。俺は聞いたことないけど」

「兄さん、ちゃんと遊びはほどほどにしてくださいよ？　女性は気がつかないところで傷ついてるんですからね？」

モテる男が言うと説得力があるなー。

「本当に……気がついたらですね……、目の前に暗い顔をして、あの女のどこがいいのって静かに言いながら、包丁を持って立ってたりするんですよ。ははは……。本当に気を付けてくださいね……」

トニーが暗い顔になった。一四歳にして凄い体験をしてるんだな。さすがイケメン。

「あれ？　ヴィル様？　私との関係が遊びだったってことですか？」

うお、アーニャの瞳が虚《うつ》ろになった。ちょっと怖《こわ》い。ヤンデレ気質があったのか。包丁を持つタイプかもしれない。これは話題を変えた方がいいな。

「トニーはちょっと思《おも》い込みが激しいみたいだな。大丈夫、大丈夫。さ、そろそろギルドに行こうぜっ」

こういう話題はぶった切るに限るぜ。俺はトニーの横を通って部屋を出た。

「じゃあな、トニー」

「あ、兄さん。話はまだ」

「ヴィル様ー、待ってください。二人でよく話し合いましょう。私たちの将来について。

赤ちゃんは何人くらい欲《ほ》しいですかー？」

「兄さん、本当に心配なんですけど。大丈夫ですよね。信じていいんですよね？」

とっととギルドに行こうっと。

こうして俺は、自室のベッドこと楽園にしばしの別れを告げたのだった。

第1章 ★★★ ひきこもりは意欲的に仕事を頑張る

声が聞こえます。中年男性と若い女性の会話ですね。

「ロバート様、ありましたよ。これが魔王《まおう》の魔剣《まけん》カタストロフィですよね」

「でかしたぞ、リリアーナ。噂《うわさ》通り血のように真っ赤な魔剣だな。この魔剣、かつては魔王の物だったが今は国宝だ。念のため、私が持とう」

私は――、魔剣カタストロフィです。二人に話題にされているようですね。

ここはどこでしょうか。暗いところみたいですけど……。

ひさしぶりに目が覚めましたから、私の認識《にんしき》能力があやふやになっています。たぶん、どこかの倉庫の中だと思うんですけど。私はこの倉庫に保管されていたのでしょうか。魔王様が死んでからいったい何年くらいが経《た》ったのでしょう。

「その魔剣って失敗作だったんですよね？」

「うむ。魔剣カタストロフィは魔王ですら扱《あつか》いに困ったと聞いている」

失礼しちゃいますね。私は魔剣の中でも傑作《けっさく》中の傑作ですのに。

魔剣の持ち手から中年男性の魔力《まりょく》を吸い取ります。そうすることで私の中に魔力が溜《た》まっていき、だんだん視界がはっきりしてきました。

魔剣を握《にぎ》っているのは貴族の男性でしょうか。女性の方は公務員のようですね。魔王様がいた時代とは制服のデザインが違《ちが》いますけど、どこか面影《おもかげ》は残っています。

「たしかその魔剣、柄《つか》を持つだけで強い悪意が芽生えてしまう危険なものだと聞いているのですが――。ロバート様は大丈夫ですか？」

「なんともないな。伝説に尾《お》ひれが付きまくっただけだろう」

「安心しました。それなら美術館での展示には問題なさそうですね」

「そうだな。隣国《りんごく》のためにも良い資金稼《かせ》ぎになってくれるといいのだが」

なるほど。状況が分かってきました。これから美術館で魔剣カタストロフィの展示があるんですね。そして、お金稼ぎに使われると。

私を勝手に晒《さら》し者にするなんてひどいですね。魔剣は使ってこそなのに。

ちなみに、この人たちが言っていた「魔剣カタストロフィを持つと悪意が芽生える」っていうのは本当です。この人たちに悪意が芽生えないのは、単純に私の魔力が足りていないから。本領を発揮できる状態になれば芽生えさせてみせますよ、強烈《きょうれつ》な悪意を。

「この魔剣、かつて私の息子《むすこ》だった者に似合いそうではないか？」

「ヴィルヘルム君のことですか？　彼《かれ》は今もロバート様のお子様ですよ。ご家族の縁《えん》を否定しないであげてくださいませんか？」

「えー。前から思っていたのだが、リリアーナってまさかあいつのことが好きなのか？」

「それ、完全にセクハラです」

「すぐに怒《おこ》るところが怪《あや》しいな。はっはっは」

う、太陽が眩しいです。夏でしょうか。魔王様と冒険《ぼうけん》をした日々を思い出しますね。はてさて、この時代にはいるのでしょうか。私を使いこなせる新しい魔王様が——。私はその人と、暴れて暴れて暴れまくって殺戮《さつりく》の限りを尽《つ》くしたいと願っています。

◇

ギルド〈グラン・バハムート〉を見上げる。年季の入った建物だけど夏の明るい陽射しのせいか少し綺麗になった感があるぜ。俺、ここにまた、帰ってきたんだな。

アーニャと一緒《いっしょ》に明るい気分で表口から入った。

「いらっしゃいませー」

受付にいるのは綺麗な黒髪《くろかみ》に瞳が隠れている少女だ。服が特徴的《とくちょうてき》で刃物《はもの》でズタズタに切

り裂《さ》いたような跡《あと》がある。

このちょっと怪しい少女の名前はエヴァ・ブルーム・スノウムーン。ペットの黒猫《くろねこ》、ブラッキーちゃんも一緒だな。ブラッキーちゃんがナーと挨拶《あいさつ》してくれた。

「あ、ヴィルお兄さんだー。楽園だっけ？　もう実家のベッドから出られたの？」

エヴァが嬉しそうに寄ってきて俺の胸にダイブしてきた。

「あーーーーーーーーーーーーーーーっ！　エヴァちゃんずるいです」

アーニャが凄い嫉妬《しっと》の声をあげたぞ。まあいいか。

俺はエヴァの頭をポンポンした。そのポンポンに合わせてエヴァの髪が少し伸びたが気にしない。気にしたら負けだ。エヴァはこういう子なんだ。

「ひさしぶりだな。少しの間だけど楽園とはさよならすることにしたんだよ。〈グラン・バハムート〉が大変って聞いてさ。エヴァは受付をやってくれてたのか？」

「うん、アナちゃんが凄く大変そうにしてたからね。お手伝いをしようと思って」

「そうか。ありがとな」

「ヴィルお兄さんに褒《ほ》めてもらえちゃった。嬉しいな」

エヴァが頬をピンク色に染めた。かわいい。

おや、ギルドの入り口のドアが元気よく開けられたぞ。空気だけでもう華《はな》のある女性が来たって分かる。

「たっだいまーっ。クエストを二つ、攻略《こうりやく》してきたよーっ」

ソフィア・バレットさんだ。いつも明るいお姉さん。ポニーテールと大きすぎるバストが元気よく弾《はず》む弾む。見ているだけで元気を貰《もら》える気分だぜ。

「いやー、走って逃《に》げ回るネギ型魔獣《まじゆう》はやっぱり捕《つか》まえるの大変だったー。ネギばっかり見てたら木につっこんじゃったよっ」

言いながらネギ型魔獣を取り出そうとする。

「というわけでアーニャちゃん、捕まえたネギ型魔獣を納品したいんだけど、どこに置いたらいいかな。って、……ん？　あれ、ヴィル君がいるよーーーっ！」

「できれば入ってきたときに真っ先に気がついて欲しかったなって……」

ソフィアさんが嬉しそうに俺に寄ってきた。両手で俺の肩《かた》をつかむ。

「だってこんなに早くベッドから出てくるとは思わなかったし。さあ、出てきたのなら馬車馬のようにたくさん働こうねっ！」

「え、いきなりですか？」

「うん、いきなりだよっ。だって、これ見てよ。ひきこもってる余裕《よゆう》はないんだよ」

ソフィアさんが掲示板《けいじばん》に手の平を向けた。そこにはギルドに集まっている仕事の依頼《いらい》、つまりはクエストが大量に貼《は》られている。いや、大量なんてものじゃないな。あまりにも多すぎて掲示板の板が完全に隠れている。数枚重ねになっているところもある。どんだけクエストが多いんだよ。

「これは、歯ごたえがありそうですね」

「でしょ？　こっちにも歯ごたえがあるんだよっ」

「え？」

ソフィアさんが俺の背中側に手を向けた。そこには新しい掲示板が出されていた。以前はそっちには掲示板はなかったぞ。しかも、大量にクエストがある。いかに俺が優秀《ゆうしゅう》でも目眩《めまい》がするくらいのクエスト量だぜ。一〇〇や二〇〇じゃないな。一〇〇〇とかありそうだ。

「ヴィル君にはこれを全部やって欲しいんだ」

「え、全部！　俺一人でですか？」

「優秀なヴィル君ならできるよねっ」

「いや、それはちょっと……」

「そう？　お姉さん、ヴィル君なら絶対にできると思うなー」

「いや、でも……」

「頑張るヴィル君はすっごく素敵《すてき》だなー」

「うう……」

「お姉さん、ヴィル君のかっこいいところを見たいなー」

「ううう、ま、まあそうですね。俺は優秀な男ですからね。……八割くらいならどうにか」

「やったー。アーニャちゃん、ヴィル君が九割やってくれるってー」

「さすがヴィル様です！　頼もしいです！」

「ソ、ソフィアさん、一割増えてますっ」

唐突に、俺の後ろのドアがバーーーンと開けられたぞ。

ドアが開くと同時に暑苦しい空気があーっと漂《ただよ》ってきた。夏の空気のせいじゃなくて、入ってきたやつが暑苦しいからだな。白い毛だらけのもふもふ魔獣がそこにいる。

「だーっ。働いても働いても仕事が片付かないミューーッ。ハチミツをたっぷり取ってきたミューよっ。すぐに次の仕事に行ってくるミューーッ！」

このギルドのペットのミューちゃんだ。魔獣名はソーダネミュー。ソーダネとミューしか話せない種族なんだが、ミューちゃんは人語を操《あやつ》ることができる特別なやつだ。ただし、その人語は心の汚《よご》れている人にしか聞こえない。ちなみに、俺は心が汚れているからはっきりと聞こえるぜ。

「おっす、ミューちゃん、ひさしぶりだな」

俺に声をかけられてミューちゃんがイヤそうな顔に変わった。

「ギャーッ、ニートやろうが復帰してるミューーッ」

「おいおい、ミューちゃん。そんなイヤそうな顔をすんなよな。笑顔、笑顔」

「笑顔なんて誰がするかーっ。永遠にひきこもってて良かったのにっ。あー、ちくしょー、またこいつの活躍《かつやく》を見て感謝しないとダメなのかミューーッ。地獄《じごく》だミューーッ」

イヤがってるのか褒めてるのか、感情がごちゃごちゃになってないか。

「ミューちゃん、ミューちゃん、ヴィル様にお帰りなさいって握手《あくしゅ》をしましょう」

「お、お嬢《じょう》。なんて残酷《ざんこく》な提案をするんだミュー」

「ミューちゃん、ヴィル様と握手ができて嬉しいですねっ」

「ソーダネ！　って、ちがーう。誰がこんなニートやろうの手なんて握るかーっ」

俺もイヤだが、ここはあえて俺の方から紳士的《しんしてき》に手を出してみた。

ミューちゃんがゾッとする。お前、正気かよって顔をされた。だけど、目を瞑《つぶ》って身体を引きながらだが俺の手を握ってきた。

俺がミューちゃんの手を握り返す。ミューちゃんが俺の手を握りつぶしにかかる。俺がさらに強く握る。ミューちゃんがさらに強く握ってくる。

俺とミューちゃんの視線がバチバチぶつかった。

「お・か・え・り・な・さ・い、ニ・ー・ト・や・ろ・う」

「た・だ・い・ま。ま・た・世・話・に・な・る・ぜ」

ミューちゃんと俺の間に視線の火花が散った。バチバチだ。

「うふふふ。二人ともやっぱり仲良しさんですねっ。ほほえましいですっ」

「ソーダネ！　って、ぜんぜん違うミューッ。お嬢はなんでそんな意味不明な勘違《かんちが》いをしているんだミュー。あー、とってもイヤな手を握ってしまったミュー。手を石鹸《せっけん》で洗ってから次のクエストに行こうーっと」

失礼なやつだな。俺の手はいつでも清潔で輝《かがや》いているっていうのに。

「よーし、ヴィル君っ」

ソフィアさんがクエストの紙をいくつか手に取った。

「みんなとの挨拶もすんだことだし、私と一緒にクエストに行こうよっ」

期限が近いけど、難易度が高くて挑戦《ちょうせん》できなかったクエストがあるんだそうだ。俺にはそういうクエストをどんどん対応して欲しいらしい。

というわけで、そんなクエストをソフィアさんと一緒に攻略しに行くことになった。

◇

街を出て山に入り一時間くらい登ったところにちょっと有名な崖《がけ》がある。

いわゆる断崖絶壁《だんがいぜっぺき》ってやつだな。横から見ると地面と崖が綺麗な垂直になってるんだ。その景色が有名で行商人や旅人が休憩《きゅうけい》がてら楽しんでいると聞く。

この崖を上から下りていくのは不可能に近いんだよな。指をかけづらい土だからだ。それに、真下には勢いの激しい川が流れているから、もしも落っこちたら大変なんてものじゃない。つまりまあ、危険な場所ってことだな。

俺とソフィアさんが挑《いど》むクエストはそんな危険な崖が舞台《ぶたい》になっている。クエストは「断崖絶壁に生えるクイーンリリーを二〇本ゲットせよ！」っていう名称《めいしょう》だ。

クイーンリリーはこの崖に生える黄色いユリの花だな。根っこが大きくて食用になるんだ。栄養満点らしくて、近年はけっこう注目されてきている食材だ。

このクエストの難易度はBでクエスト報酬《ほうしゅう》は三万ゴールド。危険度を考えると少し安いが、強力な魔獣と戦う必要がないから報酬はこのくらいが無難だろうか。

「ひーっ、すっごく高いねーっ」

ソフィアさんが地面に膝《ひざ》をついて、そーっと崖の下を覗《のぞ》き込んでいる。

「ソフィアさん、絶対に崖の下には落っこちないでくださいよ？　絶対ですよ？」

「お願いだから変なフラグを立てるのはやめてくれるかなー」

「だって俺、ソフィアさんなら絶対にフラグを回収してくれるって信じてますからっ」

「いやいやいや、このフラグは回収したら死んじゃうやつだから。回収しないようにめいっぱい気を付けないとね？」

「大丈夫です。崖の下は川ですよ。落ちても死なないです。よく言いますよね。水没《すいぼつ》は生存フラグだから安心しろって」

「それ、創作物の中だけの話だからねっ。こんな高さから川に落っこちたら意識を失って死んじゃうから。だから、私がもしも落っこちそうになったらちゃんと助けてね？」

「分かってます分かってます」

「なんで目を逸らすのーっ。私の目を見ながら言ってよーっ」

ソフィアさんが俺と目を合わせようとしてくる。でも、俺は華麗《かれい》に視線を避けまくった。もうー意地悪なんだからーとソフィアさんが頬を膨《ふく》らませる。

「じゃあ、そろそろ行きましょうか」

「あの魔獣に注意しながらやればいいんだよね？」

ソフィアさんが空を見上げた。巨大《きょだい》な鳥の魔獣が何十羽も飛んでいる。名前はジャイアントイーグル。ランク的にはCだから巨大でもそんなに強い魔獣ではないんだが、崖を下りているときに攻撃《こうげき》されると足場が悪すぎてとても反撃《はんげき》できない。だからあの魔獣には絶対に目を付けられないようにしないといけない。このクエストはそこが重要だ。

「そうですね。あいつらに襲《おそ》われないように注意していきましょう」

崖を下りるための爪《つめ》を手の甲《こう》に装着する。

これはちょっと珍《めずら》しい狼《おおかみ》の魔獣の爪だ。あの魔獣は二足歩行するんだが、どんどん手の爪が伸びるから、人間に近づいて来てはこの爪を切ってとアピールしてくる。かなり人に友好的な魔獣だな。その爪を加工することで、崖を下りるための道具として使わせてもらっているわけだ。

ソフィアさんと並んで崖に足を下ろした。そして、爪を思い切り土にめりこませる。しっかり土にはまったぞ。爪を引き上げないと抜けない構造になっているから、そうそう崖から落っこちることはない。

「ひーーーーーーっ。足もとが凄く不安ーーーーーーーーっ」

「ソフィアさん、下は見ない方がいいですよ。気が遠くなってふらふらーって誘《さそ》われるように川に落っこちますから」

「だよねーっ。私、絶対にそういうタイプだと思うー。っていうか、ヴィル君、下りるの速くないー？」

「ええ。だって、早めに下りればソフィアさんのパンツを見られるかもしれないですし」

「あ、そんなやらしーこと考えてるんだ」

絶対に見せてあげないよーっと意地悪そうに言ってからソフィアさんがけっこうな速度で下りていく。

口では怖がっていてもキビキビ動けるんじゃないか。これはそう簡単に落っこちそうにないな。フラグ回収は無理そうだ。

ガツンガツン、壁《かべ》に爪を引っかける音を響かせながら下りていく。手を伸ばしてクイーンリリーを一つ引っこ抜いた。

クイーンリリーの根は丸かった。あと、引っこ抜くときになんとも甘い香りが漂った。これがすげー食欲をそそってくる。少し多めに取っておいてアーニャに料理してもらおうかな。なんて考えながら腰《こし》にくくりつけている魔法《まほう》の布袋に入れた。

少し遅《おく》れてソフィアさんもクイーンリリーをゲットした。ソフィアさんは背中の魔法のリュックにクイーンリリーを入れていた。

「順調ですね」

「うん。でもね、ヴィル君。自慢《じまん》じゃないけど私っておっぱいが大きいでしょ？」

「はい。よーく存じ上げております」

「なんで紳士《しんし》顔になるのーっ。まあいいや。でね？　崖におっぱいが当たって動きづらいから、私はこのクエストには向いてないかもしれないなーって思っちゃった」

「うわー、崖がすげー羨《うらや》ましいですよ」

「あはは、それ、すっごくヴィル君らしい感想だなー」

「もしも、もしもですけどね、おっぱいの弾力《だんりょく》で崖からぽよんと弾んで落っこちたりしたら、それもの凄く面白《おもしろ》いですよ？」

ソフィアさんが笑顔になった。そんなのあるわけないないいーと愉快《ゆかい》そうに言って下りていく。いやあ、あって欲しいな。

少し下りていって、またクイーンリリーをゲットした。

ここからは効率を考えて二手に分かれる話になった。ジャイアントイーグルの巣に近づきさえしなければ襲われることはなさそうだし、きっと大丈夫だろう。

順調に仕事が進んでいく。俺《おれ》は八本ゲットした。

もう少し下りると二本並んで生えているところがある。それをゲットしたら俺の分は終わりだな。ソフィアさんは順調だろうか。

「いーーーーーーーーーーーーやあああああああああああああああああああああっ！」

順調じゃなさそうだな。悲鳴をあげてるし。

「ヴィル君、ヴィル君ーーーーーーーーーーーーーーーっ！」

見てみればソフィアさんがジャイアントイーグルのクチバシに捕まっていた。ちょうどソフィアさんの腰のところがクチバシでしっかりと挟まれている。

いったいどうしてそうなった。ああ、分かった。巣にいる大きな雛《ひな》だ。ソフィアさんを捕まえようと身を乗り出している。雛って言っても成人男性の倍は大きい。クチバシがもの凄く長いからけっこう遠くまで届いたようだ。ソフィアさん、油断したな。

「ソフィアさーーーん、大丈夫ですかーーーっ」

「これが大丈夫そうに見えるーーー？」

「はいーーーっ、すっごく楽しそうですよーーー」

「ヴィル君、これが終わったらすぐに目のお医者さんに行った方がいいよーーー」

「そうですかー？　でも、その魔獣もすっげー楽しそうにしてますよーーー」

「それは私を川に落として遊ぼうっていう魂胆《こんたん》があるからだよーーー」

「うわー、それ、すっげー楽しそうだ！　俺もやってみたいなーっ」

「ちょっと！　意地悪するところじゃないからねっ。見捨てるのはなしだからねっ」

「うーん、いちおう聞きますけど、どうしてそうなったんですか？」

「……言わないとダメ？」

「もちろんです」

「……ジャイアントイーグルってね。巣に宝石を溜め込《こ》む習性があってね。巣を見てみたらね、良いお値段になりそうな宝石が見えてね」

「なるほど。つまり、ソフィアさんはその宝石を狙《ねら》ったわけですね」

「う、うん。新しいお洋服がどうしても欲しくて。夏物を揃《そろ》える時期だし」

「よーし、雛ー、その人を落としていいぞー」

「グエーーーーーーーーーーーーーーーッ！」

雛がニヤニヤしながら同意した。ソフィアさんをポイッとしたぞ。

「意地悪ーーーーーーーーーっ。放り投げないでえええええ。うわあああああああああああっ。落ちるっ、落ちるよおおおおおおおおおおおおおおおおっ！」

そりゃ落ちるだろうな。雛にポイッって捨てられたんだから。川に向かって真っ逆さまだ。

「きゃーーーーーーーーっ、ヴィル君、ヴィル君ーーーーーっ。バンジージャンプなんてものじゃないよこれえええええええええええええっ」

「ソフィアさんのフラグ回収スキルさすがですね！　俺、尊敬しますよ！」

「ヴィル君が回収に一役買ってたよねーーーっ。水落ちする前に助けてーーーっ！」

しょうがない。見捨てるわけにはいかない。

俺は崖にひっかかったまま顔を上空に向けた。ジャイアントイーグルが大きな翼《つばさ》を広げて気持ち良さそうに飛んでいる。俺は空中では自在に動けない。あいつらを使うしかないだろう。

俺は魔力を高めた。俺の瞳がどんどん赤くなっていく。

使ってやるぜ。魔王の極限魔法を。難しい魔法だが、俺なら使いこなしてみせる。

「天空を舞《ま》う大鷲《おおわし》よ。俺の手中に入って使われやがれ！　完全支配魔法《モンスターコントロール》！」

これは、魔獣を俺の支配下に置いて意識を乗っ取り、意のままに操ってしまえる強力な魔法だ。ジャイアントイーグルの視界に映る景色が俺の脳内へと送《おく》り込まれてくる。

魔法は成功だ。よし、俺の意志でジャイアントイーグルの翼を自在に動かせるぞ。

ジャイアントイーグルを猛烈《もうれつ》に急降下させる。落下していくソフィアさんを発見した。間に合うか？

「ああああああああっ。もう限界だよおおおおおっ。こんなことになるんなら美味《おい》しい物をもっと食べておくんだったああああああああっ」

ジャイアントイーグルの足を広げさせた。そして、翼を広げる。ソフィアさんが翼の陰に入った。

「ええええええええええええええっ。ジャイアントイーグルが追いかけてきてるんだけどーーーーっ。エサになるくらいなら水落ちしたいよおおおおおっ」

ジャイアントイーグルの足でソフィアさんの細い腰をしっかりとつかんだ。そして、上空へと舞い上がる。

「ヴィル君、ヴィル君ーーーっ。私、エサになっちゃうよおおおおおっ」

「大丈夫ですよーっ。そのジャイアントイーグルは俺が操ってるやつですーーー！」

「嘘《うそ》ーーーっ。そんなことができるの？」

「ふっ、俺は優秀ですからね。こんなの余裕ですよ」

ソフィアさんを崖の上まで連れていってから丁寧におろした。そして、ジャイアントイーグルを俺の支配から解放する。ありがとな。おかげで助かったよ。

「ありがとう、ヴィル君、助かったよー」

俺は崖からソフィアさんに手を振《ふ》ることで返事をした。

さて、残りのクイーンリリーは俺が回収するか。

パパッと回収して崖の上に戻る。クエスト完了《かんりょう》だ。あれ、ソフィアさんが青い綺麗《きれい》な宝石を見てニヤニヤしているぞ。手の平サイズだ。けっこうなお値段になるんじゃないだろうか。

「ちゃっかりしてますね……」

ソフィアさんは嬉《うれ》しそうにニコッとして宝石をしまった。ジャイアントイーグルの巣からしっかり宝石を取っていたようだ。根性《こんじょう》あるな。長年ギルド戦士をやっているだけある。

クエストをたくさんこなした帰り道、俺は荒《あ》らされている狩《か》り場《ば》を発見した。

それがあまりにも人為的《じんいてき》な荒らされ方だったから、何か事情を知っていないかソフィアさんに聞いてみた。

「あ、そっか。ヴィル君はまだ知らなかったね」

「何か事件でも起きてるんですか？」

「うん、同業者でシェアしてる情報なんだけど。最近ね、街で盗難《とうなん》を働いたりとか、街道《かいどう》を進む行商さんを襲ったりとか、あとは森や山の資源を荒らしちゃうような酷《ひど》い人たちがいるみたいなんだよねー」

「それ、完全に盗賊《とうぞく》じゃないですか」

「うん。被害《ひがい》が多くてみんな困ってるんだよね。だから、もしもそういう人たちを見かけたら集まって一緒に撃退《げきたい》しようって話になってて……。あ、ヴィル君が盗賊を見かけたら倒《たお》して捕まえといてくれる？」

「そうですね。ふっ、盗賊くらい何十人いようと優秀な俺の敵じゃないですからね」

さすがヴィル君、頼《たよ》りにしてるよーとソフィアさん。俺は胸を張って偉《えら》そうにした。

◇

ジュー、ジュー、ジューーーーーー！

牛肉が焼ける音が耳に心地《ここち》良《よ》い。美味しそうな香りをたくさん鼻から吸《す》い込んだ。ああ、なんて食欲をそそる香りなんだろう。

ここは〈グラン・バハムート〉のキッチンだ。

今日の晩ご飯はプレート焼きだな。テーブルに厚い布を敷《し》いてアツアツの石を置き、その上に石焼きプレートを置くことで高温状態にする。そのアツアツになったプレートの上で肉や野菜を好き放題に焼いてみんなで食べる料理だ。

プレートの温度が下がってきたら敷いている石を別のアツアツなものに替える。そうすることで、長時間プレート焼きを楽しめるってわけだ。

牛肉が焼ける音に紛《まぎ》れて俺の腹の音がアーニャに聞こえてしまったようだ。アーニャがにこりとする。

「もうすぐ焼けますよっ。もう少々お待ちくださいねっ」

アーニャはかわいいフリフリのエプロンをつけてコテを持って調理してくれている。塩胡椒《こしょう》の味付けを手際《てぎわ》よくやってくれた。

焼けるのを待っている間に、ソフィアさんが特製タレを皿に入れてくれた。

最初の牛肉が焼けたようだ。

アーニャがコテで牛肉を綺麗にカットして俺の皿の上にひょいと載《の》せてくれた。

「ヴィル様、どうぞ。たーんと召《め》し上がってくださいっ」

「やったー。いただきまーす。って、うおっ、熱いっ、いやでも、その熱さが良いっ。超《ちょう》うめーっ！　最高だよ、アーニャ！」

ああ～っ、疲《つか》れた身体にきく良い味だ。力が漲《みなぎ》ってくる美味しさがある。

今日は全部合わせるとクエストを二五個も攻略したんだったかな。たくさん労働したからだろうか。なおのこと肉が美味しく感じられるぜ。

アーニャが嬉しそうにする。

「ヴィル様に喜んで頂けて嬉しいですっ。お腹《なか》いっぱい食べてくださいねっ」

「ああ、美味しいから超食べるよ。野菜ももういいよな？」

「はい、どうぞっ」

俺が取ろうと思ったけどアーニャが取ってくれた。ああー、牛肉から染《し》み出た味がついていて野菜も超美味《ちょううま》い。ニンジンもピーマンも最高だ。

「アーニャちゃんも座《すわ》って食べていいよーっ。私もお肉焼くからさっ」

「ソーダネ！　お嬢、こんなニートやろうのお世話なんてしなくていいミュー。焼くのなんてニートでもひきこもりでもアリんこでもできるミュー」

いや、アリんこはさすがに無理だろ。

「いやいや、ミューちゃん。この絶妙《ぜつみょう》な味付けと焼き加減は優秀な俺でも無理だよ」

「ソーダネ！　って、いやいや、違うミュー。このニートやろう、自分の食べる分くらいは自分で焼かんかーい」

ミューちゃんは分かってないな。美少女に目の前で焼いてもらうっていうのが最高の調味料になるんだぜ。それが男のロマンってものよ。

「ほれほれ、この黒くなった野菜をあげるミュー」

「いらねーよ。ていうか、なんで黒くなるまでほっといたんだ」

「ケケケッ、ヴィルお兄さんとミューちゃんって仲がいいんだね。嫉妬しちゃうなー」

「なーに言ってんだよ、エヴァ。これのどこが仲がいいんだ。って、あーっ。ブラッキーちゃんに肉を取られたー。火傷《やけど》しても知らないぞ」

ブラッキーちゃんが俺の牛肉を取ってニヤッとした。こ、こいつ、猫《ねこ》なのに猫舌《ねこじた》じゃない……だとっ。超余裕《ちょうよゆう》で食べてやがるぜ。すげーむかつく。

「ヴィル様、今夜はとことんお世話をさせてくださいっ。お肉をどんどん焼きますから遠慮《えんりょ》なく食べてくださいねっ」

アーニャがニコニコしている。かわいいなあ。こんなにかわいい女の子に料理してもらえたらいくらでも食べられるよ。

おっと、ソフィアさんがアーニャからコテを回収した。

「はーい、アーニャちゃん座ってー。お肉を焼く人、交代だよーっ」

次はソフィアさんが焼いてくれるらしい。その次はエヴァが焼いてくれるそうだ。

かわいい女性が代わる代わるに調理をしてくれるっていいもんだな。

鉄板の上で牛肉や野菜が美味しそうな音を奏《かな》でながら焼けていく。

晩ご飯はどんどん賑《にぎ》やかに盛り上がっていった。美味しすぎて美味しすぎて、いくらでも俺は食欲が湧《わ》いてしまった。

ちなみに、ミューちゃんの強い推薦《すいせん》で俺もみんなのために色々と焼いてあげたぞ。なかなか良い焼き加減だったみたいで一安心だ。

締《し》めにはデザートだ。

アーニャがアップルパイを鉄板の上で焼いてくれた。甘《あま》いリンゴの汁《しる》が鉄板の上で躍《おど》って美味しい香りが膨らんで。食べてみたらこれがまた最高に美味しかった。お腹が既《すで》にいっぱいだったのに別腹に入る感じで本当にたくさん食べてしまったよ。

思い出に残りそうな最高の晩ご飯になった。労働の後の食事って良いもんだ。仕事を頑《がん》張《ば》って本当に良かったぜ。

あー、幸せな晩ご飯だった。あれからしばらくみんなとゆっくり会話をして、俺は今は風《ふ》呂《ろ》に入っている。汗《あせ》をたくさんかいたし、しっかり綺麗にしないとな。

石鹸で綺麗に身体を洗う。

「はあ〜、アーニャが一緒に入ってくれたら最高なんだけどな〜」

って、そんなチャンスはなかなかあるわけないか。

あれ、脱《だつ》衣《い》所の方にかわいい気配を感じるぞ。パサッ、パサッと、衣服を脱《ぬ》ぐ音が聞こえてくる。

ま、まさか――。妄想《もうそう》していたら本当に一緒にお風呂に入る流れになったっていうのか。妄想の力ってすげーんだな。や、やばい、いざそのときがくると緊張《きんちょう》してきた。紳士的に、紳士的に対応せねば。イケメン顔を作ろう。

ぴょこっとアーニャが顔を見せた。

「ヴィル様ー、私も一緒にお風呂に入っていいでしょうかっ？」

キター。やったよ。ひさしぶりにこのときが来たよ。頑張ってたくさん労働したかいがあったよ。泣いちゃうくらいに嬉しいよ。

既に俺は身体を洗い済みだが気にしないぜ。もう一回洗ってもらうのみだ。

「ああ、いいぜ。ふっ、ゆっくりしていきな」

ちょっとかっこつけて言ってみた。

「ありがとうございます。では、少しの間ご一緒させて頂きますねっ」

アーニャがぴょんと入ってきた。バスタオルを身体に巻いているのは残念だが、そこはいいんだ。むしろちゃんと身体を隠《かく》しているあたり、恥《は》じらいと品があって逆にいい。

でも、提案だけはしちゃう。だって俺、男の子だもん。

「アーニャ、実はな、大事な話があるんだ」

「はい？　お風呂で大事なお話ですか？」

「ああ、そうだ」

「聞かせてくださいっ」

「風呂に入るときにバスタオルを巻くのってさ、本当はマナー違反《いはん》なんだぜ？」

「そ、そうなんですか？　では、すぐにバスタオルを取りますねっ」

ごくり。アーニャが恥ずかしがりながらもバスタオルをほどいた。顔を赤くして瞳《ひとみ》を揺《ゆ》らしながら、もったいぶるようにしてゆっくりとバスタオルを開いていく。

おお……、おおお……、おおおお……、控《ひか》えめだが確かに膨らんでいる柔《やわ》らかな曲線が見え――見え――。

「はいはーい、アーニャちゃんストップだよ。バカみたいな話は信じなくていいよー」

見えなかった……。ソフィアさんがジト目になりながら風呂場《ふろば》を覗き込む。

「って、えええええええええええええっ、ソフィアさんも一緒に入ってくれるんですか。大丈夫《だいじょうぶ》ですか。ソフィアさんのスタイルだとバスタオルを巻いてもあれとかこれとか色々とはみでちゃいそうですけど」

「あはは、バカだなー。私が一緒に入るわけないじゃん」

「デスヨネー……。お、お願いですから真顔で返さないで……くれます……か……。期待した俺が本当にバカみたいじゃないですか……」

「うん、バカだねっ」

「ちっくしょおおおおおおおおおおおおおおおお！」

アーニャのかわいい手が俺の背中にタッチしてきた。ま、まさか素手《すで》で洗ってくれるっていうのか。サービス精神が旺盛《おうせい》すぎじゃないだろうか。いいのか？　いいのか？　甘えちゃうぞ？

「ヴィル様、うつ伏《ぶ》せになってくださいませ」

「こ、こうか？」

アーニャの手に誘導《ゆうどう》されるように俺はうつ伏せになった。

「ありがとうございます。では、ちょっと失礼しますね。よいしょっと」

アーニャが俺の腰にまたがった。なんだこれ。どういう状況《じょうきょう》だ。俺が仰向《あおむ》けだったらマウントポジションか？　でもこれ、うつ伏せだしなあ。

「なあ、アーニャ、これから俺に何が起きるんだ？」

「ちょっと痛かったらすみません」

「え、痛い系？　身体を洗ってくれるんじゃなくて？」

「ソフィアさん、ここでしたっけ」

アーニャが俺の背中のどこかを指差したようだ。

「うん、そこそこー。ヴィル君、今、よこしまな心がいっぱいになってるから、手加減しなくていいよー」

「分かりました。全力でいかせてもらいますねっ」

「え、ちょ、俺の心はよこしまじゃないです。いつだって洗濯《せんたく》したあとの白いシャツみたいに綺麗――」

「いきますっ。てえええええーーーーーーいっ！」

「あっぎゃあああああああああああああああああああああああああ！　え、なに、なに、めっちゃ痛いぞ。あと、すげー変な感じ！」

「ヴィル様、これはご近所様に教えて頂いた『彼氏《かれし》の疲れを取り払《はら》ったうえで筋肉痛を完全に防ぐためのツボ（ただし、激痛を伴《ともな》います）』の一つです。痛みは感じても健康になっているだけですから安心してくださいねっ」

「そ、それ本当に安心できるのかっ？　またご近所さんの余計な知識かっ？」

「はい。ですが、信頼《しんらい》できるご近所様からの情報ですので心配はいらないですよっ。さあ、次のツボにいきますねーっ」

「ふぬおおおおおおおおおおおおおおおおおおおっ！　痛い、気持ち悪い、なんだこれっ」

「ヴィル様の反応が面白いですっ。では、次のツボにいかせてもらいますねっ」

「よ、容赦《ようしゃ》ないな……。うっぎゃああああああああああああああ！　ア、アーニャ、できれば俺、アーニャにバスタオルを取ってもらってお互《たが》いの身体の洗いっことかをしたいなって思うんだけど」

「え？　しましょうか？」

「ダメダメ。アーニャちゃん、次のツボはもっと体重をかけてぎゅーっとしてあげて」

「はいっ、ソフィアさんっ」

「痛ってえええええええええええっ！　あばばばばばばばばーっ、死ぬ死ぬ死ぬーっ！　あとなんか気持ち悪い感じっ。ソ、ソフィアさん、アーニャに変なことを教えないでくださいよっ！　俺の身体が健康体になってもいいんですか！」

「うん、どんどん健康体になっていいよっ」

「そ、そんなっ！」

「すっごい健康体になってさ、明日も馬車馬のように働いてねっ」

ちくしょう、ソフィアさん、良い笑顔《えがお》だ。

「次、いきますねーっ」

アーニャも良い笑顔だ。

「ぴぎゃあああああああああああああっ！」

痛たたたたたたたたたたたっ。俺の身体はコリがありまくったみたいでアーニャは入念に長時間ツボマッサージを続けてしまった。ひたすらずっと痛かった。

そのマッサージが終わったあとは血流が良くなったのかなんなのか、筋肉が感じていた重い疲労感《ひろう》がすっきりと抜《ぬ》けていた。しかも、俺はすぐにぐっすり眠《ねむ》れてしまった。

恐《おそ》ろしいぜ、ツボマッサージ。ひきこもりの俺にとって天敵かもしれないな。

ああ、アーニャと洗いっこしたかったな。

第2章 ★★★ ひきこもりはデスマーチでやつれていく

「いいかげんに起きんか、このニートやろうううううううううううう！」

「うっぎゃあああああああああああああああああ！」

幸せな睡眠《すいみん》を楽しんでいたらベッドごとひっくり返されてしまった。

ここ数年で一番かもしれないくらいにぐっすり眠れていたのになんてこった。いったい誰《だれ》だよ、俺の眠りを邪魔《じゃま》したふとどき者は。

転がり落ちた床《ゆか》から見上げてみたら、白いもふもふ魔獣《まじゅう》がニマッと嫌味《いやみ》たっぷりな笑顔を見せていた。やはりミューちゃんだったか。

「まったく。今日くらいは昼まで寝《ね》かせてくれよ。俺、昨日は頑張っただろ？」

「くっくっく。残念だったな。もうすぐお昼だミュー。睡眠時間はじゅうぶんすぎるんだミュー。というわけで、カビが生えそうなニートやろうはとっとと起きやがれーっ！」

「えー」

「えーじゃない、えーじゃ。筋肉痛は？　あるのかミュー？」

「いや、まったくないな」

「ならさっさと起きるんだミュー。あ、そうだ。服を出してあげるミュー。今日のコーデはどうしようかなーっと」

世界広しと言えど魔獣にコーデを決められる男は俺くらいじゃないだろうか。

「ふあーあ、ぐっすり眠りすぎて逆に眠いぜ」

階段を軽《かろ》やかに上がってくる足音が聞こえてくるぞ。あれはアーニャだな。

アーニャがぴょこっと俺の部屋に顔を出した。お日様みたいに眩《まぶ》しい笑顔を見せてくれる。これからクエストに行く準備は万端《ばんたん》って感じだな。

「おはようございます、ヴィル様っ」

「ああ、おはよう、アーニャ」

「良いお天気ですよっ。一緒《いっしょ》にクエストに行ってくださいませんかっ」

「……それって明日じゃダメか?」

「期限が今日のクエストが山のようにあるんです」

「いくつくらい?」

「三〇個ですっ」

わーお、素敵《すてき》な笑顔でやばいこと言ってる。昔の〈グラン・バハムート〉と違《ちが》って今は難しいクエストが多いんだよな。三〇個って達成できるか俺でも微妙《びみょう》なところだ。

俺は膝に手をつきながら重い腰を上げた。ひきこもりならではの重い腰だぜ。

「仕方がない。頑張るかー。ミューちゃん、俺の服は？」

「これにするミュー。アロハシャツと短パン、それにサングラスだミュー！　絶対に似合うミュー。自信があるミュー！」

「うわぁ、お前、センスないなー」

そんな格好で山に行けるかよ。けっきょくいつものコーデを選んだ俺だった。ミューちゃんはちょっと心外そうだった。


アーニャのペースに合わせて少しゆっくりめに街を歩いて行く。

昼ご飯を食べる時間だし人通りはまばらで歩きやすい。おかげで人酔《ひとよ》いしなくて済むぜ。

あれ、脇《わき》の花壇《かだん》のレンガに少女が座っているぞ。

その少女が立ち上がって俺に向けて手を振ってくる。年齢《ねんれい》はたぶん一五歳《さい》くらいだろうか。夏のかわいい花が咲《さ》いたような笑顔だ。

すぐ傍《そば》に簡易的なテーブルが出ているし、きっと何かのパフォーマンスをする少女なんだろう。

「ヴィル様、見ていきませんか？　私、見てみたいですっ」

「まあ、アーニャがそう言うのなら。でも、時間に余裕《よゆう》がないからちょっとだけな？」

ニパッと少女が笑顔を見せた。何も喋《しゃべ》らないな。パントマイム的なことをしている気がする。

この少女、パッチリした瞳と、ピンク色のツインテールがかわいらしい少女だ。容姿はかなり整っている。それに、胸は大きいし美脚《びきゃく》だしで、立っているだけで人の注目を浴びる才に恵《めぐ》まれていると思う。

大道芸人か、あるいは、頭にかぶっている帽子《ぼうし》からしてマジシャンか？

少女が親指とひとさし指でコインを持った。

注目して欲《ほ》しいんだろう。表と裏を見せて普通《ふつう》のコインだとアピールする。

テーブルの上には五つの紙コップがある。その紙コップを逆さまにしていき、最後の一つの紙コップの下にコインを隠した。

これから凄《すご》いものを見せるぞって感じの期待感を煽《あお》るような表情だ。

紙コップを逆さまにしたまま机の上を移動させていく。紙コップの場所を何回も入れ替《か》える。これはきっとコインが入っている紙コップがどれかを当てるやつだろう。

入れ替えが終わったようだな。別に動きが速いわけではなかったから紙コップの移動は

普通に目で追えた。

少女がジェスチャーで、コインの入っている紙コップはどれかを聞いてきた。

「アーニャ、どの紙コップにコインが入ってると思う？」

「これですねっ。自信がありますよっ」

左から二つ目の紙コップを指差している。その紙コップを持ち上げれば中にコインが入っているはず。俺もそうだと思う。

少女が楽しそうに紙コップを一つずつひっくり返していく。今のところどこにもコインは入っていない。そして、最後の紙コップはアーニャが指定したものだ。さあ、どういう結果になるのかな。

少しもったいつけるようにして少女は紙コップをひっくり返した。

なんとそこには、何も入っていなかった！

「「おお～～～！」」

俺とアーニャで拍手《はくしゅ》した。少女が大きい胸を張ってどや顔を見せた。胸がぷるんと揺れていた。

「ヴィル様、コインはいったいどこに消えてしまったのでしょうか？」

「俺も分からないな。紙コップからコインを移動させた様子はなかったんだけどな」

ふふふっと言いたげな表情を見せる少女。

手を帽子に伸《の》ばしたぞ。まさかそこにコインがあるっていうのか。さすがに帽子にはないだろう。一回も触《さわ》っていなかったはずだ。

じゃじゃーん、と言いたげな素敵な笑顔で帽子を取る少女。なんと頭の上にはコインが

……影も形もないな……？

「ヴィル様、コインがありませんねっ。まさかのフェイントでしたっ」

「フェイント？　ああ、なるほど。良いフェイントだった。これは期待が高まるぜ」

え？　と言いたげに少女が頭に手をやる。

コインを探しているようだが、やっぱりない。不思議そうに帽子の中を見る。帽子をテーブルの上にひっくり返して振ってみるが、やっぱりコインは出てこない。

少女が冷《ひ》や汗をだらだらかいているようだ。

「わくわく」

アーニャと二人で期待の眼差《まなざ》しを送ってあげた。

少女がハッとなって帽子をかぶりなおした。そして、両手をパンとする。

「はいっ、というわけで、ここからが楽しい手品の始まりよっ」

明るくてかわいい声だな。

「え？　さっきのコインはどこにいったんだ？」

「さ、ささささ、さあ～。コインってなんのことかしらね～」

はぐらかす気かよ。思い切り視線を逸《そ》らされてしまった。

「どこにいったのか本人にも分からないのか。それは逆に凄いな」

「ヴィル様、私、感動しましたっ」

「アーニャになぜかうけてるっ。目が凄くキラキラじゃないかっ。でもなー、今の手品は失敗だぞ？」

「そうなんですか？」

「たった、たらっ、たらっったら～ん。さあさあ、ご覧あれ～」

なんか次のパフォーアンスが始まりそうだ。

「かわいいステファニーちゃんの手品だよ～」

この少女の名前はステファニーって言うんだな。

「コインは完全にスルーするんだな……」

「さあさあ、ご注目～！　私の口からトランプをいっぱい出すわよ～っ。たくさん驚《おどろ》いてねっ」

ステファニーが両手を口に持っていった。かわいい口を、あーっと大きく開ける。そして、口から何かを取り出すような仕草を見せた。

「おえええええええええええええええええええっ」

「「おお～～～！」」

まるで元から口の中に大量にトランプがあったかのようだ。トランプを上手に引っ張り出してはテーブルに落としていく。これは凄いんじゃないか？

「あっ、しまっ――」

ばさあっ！　トランプが爆発《ばくはつ》したみたいに弾《はじ》け飛んだ。トランプとトランプが突《つ》っ張って跳《は》ねてしまったんだろう。大失敗だ。トランプがバラバラと地面に落ちていく。

凄いと思った瞬間《しゅんかん》に失敗かよ……。

ステファニーが冷や汗たらたらな表情を見せる。

うーん、と考えて、それからニコッと笑った。

「こ、これがかわいいステファニーちゃんのミラクルパワーよっ。今、あなたたちは本物のミラクルを目《ま》の当たりにしたのよっ」

「ヴィル様っ、ステファニーさんのキメ台詞《ぜりふ》が炸裂《さくれつ》しましたよっ」

「ああ、キメ決め台詞を炸裂させちゃったなっ。すげー派手に失敗したのにっ」

だが、アーニャにはうけたようだ。パチパチパチパチと拍手を送っている。

「わ〜〜〜、今のすっごくかわいかったですっ」

なんて心の綺麗な子なんだ。目をどれだけ輝《かがや》かせるんだよ。

お嬢《じょう》さんありがとう〜とステファニーが嬉しそうに両手を振った。

「たった、たららっ、たららっら〜ん」

おい、まだやるのか。まあ、アーニャがわくわくしてるからいいか。

「さあさあ、ご覧あれ〜」

「わくわくっ。ヴィル様、次はどんな手品を見られるんでしょうねっ！」

「そうだなー。なんか派手なやつがいいな」

「お兄さん、お嬢さん、あなたたちがこれから見るのはミラクルよっ。かわいいステファニーちゃんが本物のミラクルを見せてあげるのっ」

「またキメ台詞が炸裂しましたっ。キメ台詞を先に言うっていうことは、きっと本当に凄い手品がくるんですよねっ」

「ああ、楽しみだな！」

ステファニーが表情をキリッとさせた。えっへんと大きい胸を張る。そして、帽子をひっくり返して俺《おれ》たちに見せた。

「種も仕掛《しか》けもございません」

確かに帽子は普通のだな。その帽子をステファニーは逆さまにテーブルに置いた。そして布をかぶせる。

「さあ、今からこの帽子にかわいいステファニーちゃんがミラクルをかけるわよっ」

「わくわく。そうすると何が起こるんですか？」

「山盛りの美味しい飴《あめ》ちゃんが現われるのよ。成功したら拍手をちょうだいっ。その美味しい飴ちゃんを二人にプレゼントするわっ」

「分かりましたっ。拍手待機してますね！」

アーニャが手を叩《たた》く準備をした。

「じゃあ、いくわよ。三、二、一――」

パチンとステファニーが指を鳴らした。おおっ、何かが起きたぞ。帽子の中が膨《ふく》らんで布が盛り上がった。

「ヴィル様っ、凄いですよ。ステファニーさんは帽子に触っていませんでした」

「ああ、マジでミラクルだったな。俺も拍手待機しないと」

「盛大《せいだい》な拍手をお願いするわっ。じゃーん！　かわいいステファニーちゃんのミラクル、大成功よーっ！」

ステファニーがかっこよく帽子から布を取り払った。

すると、爆発するようにうわーっと一斉《いっせい》に飛び上がったものがあった。カラフルな風船だ。まるでお祭りだ。あの小さい帽子にどうやってあの量の風船が入っていたんだ。

「『パチパチパチパチパチパチ～～～！』」

「ヴィル様っ、凄いっ、凄すぎますねっ」

「ああ、凄いな。俺たちが見たいのは山盛りの飴ちゃんだったんだけどな」

「ハッ――。そうでした。もしかして、今のが飴ちゃんだったのでしょうか？」

「いや、普通の風船だよ。な、ステファニー？」

ステファニーがビクッとなった。目をパチパチして気まずそうにする。冷や汗が見るからにだらだら流れていた。服がびっしょりになってそうだな。

「こ、ここここ、これがかわいいステファニーちゃんのミラクルパワーなんだからねっ」

「めっちゃ噛《か》んでる」

「噛んでますね」

「今のは失敗じゃないのっ。ちょっと別に用意してた手品が出ちゃっただけなんだから」

「それを失敗と人は呼ぶ――」

「ああもう、しょうがないわねっ」

ステファニーがショートパンツのポケットに両手を突っ込《こ》んだ。そして、ごそごそとする。何かたくさん入っているようだな。それを取り出した。

「はいっ。飴ちゃんをどうぞっ。今日の手品はこのくらいにしといてあげるわっ。見てくれてありがとね。また見てくれると嬉しいわっ」

俺とアーニャの手に山盛りの飴ちゃんを置いてくれた。こんなにもらっていいのか。

アーニャが財布《さいふ》から一〇〇ゴールドを取り出した。ステファニーの傍に箱がある。入れてあげるんだな。失敗した手品でもアーニャは満足したみたいだ。

本当にいいの？　って顔をしてステファニーがアーニャを見ている。ステファニー的にもびっくりだったようだ。

「私、ステファニーさんのファンになっちゃいました。頑張ってくださいねっ」

「あ、ありがとう。次はもっと凄いのを見せてあげるからねっ」

アーニャがかわいく手を振る。俺たちはステファニーと別れた。街の門を目指して歩いて行く。

飴ちゃん、めちゃくちゃ美味《おい》しいな。これはどこのだろうか。包みを見てみたら知らない商品名だった。輸入品だろうか。たぶん、外国のブランドだと思う。

「ヴィル様、私、手品の練習をしたくなっちゃいました」

あの低いクオリティの手品を見てそんなに気に入ってしまうとは。

「手品の道は厳しいぞ？」

「はい。それでもやってみたいと思いました」

「そっか。応援《おうえん》するぜ。良い趣味《しゅみ》になるといいな」

いやー、それにしても飴ちゃんがすげー美味しいぞ。もう一個食べようっと。なんか得した気分だった。

◇

魔王《まおう》の極限魔法《まほう》《マジカルアバター》を使っておく。

俺の分身体をたくさん作って動かして同時にたくさんのクエストをこなすためだ。それくらいしないと今日の目標は達成できそうにないんだよな。

クエストは全部で三〇個。しかも、難易度が高いのがかなりある。危険なものは全て分身体にやらせるつもりだ。それで本体の俺はというと、アーニャのサポートに集中する。

アーニャとは七つのクエストをこなしていくからな。効率良くテキパキと、それでいてアーニャに良い経験を積んでもらえるようにやっていこうと思う。

最初のクエストをこなすために昨日ソフィアさんと一緒に来た山へと入っていく。

挑《いど》むクエストは「魔獣アカボウシタケを三〇個採取せよ！」だ。難易度は超《ちょう》簡単なEだな。アーニャに良いクエストだと思う。

魔獣アカボウシタケがどういうのかというと、まあほとんど普通のキノコだな。赤い傘《かさ》に白い斑点《はんてん》があって、柄《え》のところには丸い目がある。大きさは俺の拳《こぶし》がだいたい三つ分くらいだ。

このキノコはいっさい動かないし、動物を捕食《ほしょく》したりもしない。分類学上は魔獣ではあるけれど危害は何もくわえてこないやつだ。あと、食べるとすげー美味しい。煮込《にこ》んでも焼いても美味《うま》いんだよな。だからまあ、本当に普通のキノコだ。

「ヴィル様、キノコ採取を頑張りますねっ」

「ああ、頑張ろうぜっ。あ、一個だけ注意な。アオボウシタケには気を付けるんだぞ。見た目はアカボウシタケと似てるけど、アオボウシタケの方には胞子《ほうし》に強い幻覚《げんかく》作用があるからさ」

「大丈夫です。私はギルドマスターですから、うっかりアオボウシタケを取っちゃうなんてことは絶対にありませんよっ」

アオボウシタケはアカボウシタケと傘の色が違うだけだ。名前の通り、青い傘だな。青い方は食用にはならないし、うっかり胞子を吸《す》い込むと混乱状態になってしまうから注意いのもの。

する必要がある。

あれ、後ろから人が歩いて来た。街道《かいどう》から外れたこんな場所を歩くのはギルド戦士くら
あ、〈コズミック・ファルコン〉のクララだ。

クララは赤いゴスロリコーデで山に入ってきたようだ。あれで動きやすいのかちょっと
心配だが、たいして険しい山じゃないし街にも近いから大丈夫かな。

「おーっほっほっほっほっほっほ。ヴィルヘルム様、ごきげんよう」

「ああ、ごきげんよう、クララ」

「そして、ここで会ったが一〇〇年目ですわね、アナスタシア！」

「うん、二日ぶりだね、クララちゃん！」

アーニャが嬉《うれ》しそうに、わーっと手を広げてクララに近づいた。クララがゾッとして身
体を引く。両手を前に出して制止をかけたがアーニャは止まらない。

「ちょっ、ちょっと！　ハグは禁止、ハグは禁止ですわよ！」

「うんうん、ハグして欲しいフリだよねっ。私、ちゃんと分かってるから大丈夫だよ！」

「なんにも分かっていませんわ。って、アーーーーーーーーーッ！」

一〇〇年振《ぶ》りに再会した恋人《こいびと》のようにアーニャがぎゅーっとクララを抱《だ》きしめた。幸せ

そうだ。

「クララちゃん、あったかーい！」

「イヤーッ。はーなーれーてーくーだーさーいーまーせー。ヴィルヘルム様、ヴィルヘルム様ーっ。にやにやしてないでアナスタシアをどうにかしてくださいませーっ」

「あ、ごちそうさまです」

「何がですかっ。って、アナスタシア、ほおずりはもっと禁止ですわ。ヴィルヘルム様、すぐに助けてくださいませーっ」

クララが俺に向かって手を伸ばす。しかし――。

「でもな、クララ、顔が超嬉《ちょううれ》しそうだぞ？」

「どう見てもイヤがっているではありませんかっ。ああもう、ハグはおしまいですわ。いつまで抱きついているんですかっ」

アーニャがしぶしぶクララから離《はな》れた。でも、アーニャはとっても満足そう。クララは照れた顔をしながら身だしなみを整えた。

「まったくもう、ただでさえ夏の暑さが到来《とうらい》し始めていますのに、暑苦しいったらないですわ」

ていうか、クララの服装がまず暑そうだ。お肌《はだ》をしっかり隠すゴスロリコーデだし、へッドドレスまでしている。おまけに毛量の多いくるくる縦ロールの髪型《かみがた》っていうね。

「なあ、クララ、夏用のゴスロリコーデとかないのか？」

「見繕《みつくろ》っているところですわね。今年のトレンドが今一つピンときていないんですわ」

「そうなのか。熱中症《ねっちゅうしょう》になりそうで心配だ」

「なりませんわよ。この山はわりと涼《すず》しいですもの。って、アナスタシア、人の髪型を勝手に変えないでください。ちょ、ちょーっ。あなたは、勝手に、もうーっ」

おおーっ、アーニャがクララをツインテールにした。かわいい。本当にめちゃくちゃかわいい。抱きしめたい。超《ちょう》かわいい。

「クララちゃん、この髪型なら涼しいんじゃない？」

イヤそうにしてクララはツインテールをほどいてしまった。アーニャがショックを受けたぞ。

「ふんっ、私に髪型を変えて欲しいのでしたら、私と勝負をして勝つことですわね！」

「とってもクララちゃんらしいねっ。よーし、いいよっ。何の勝負をする？」

「まずはクイズに答えて頂きますわ」

出た。クイズ好きのクララ。

「さて、私はこれから何のクエストを攻略《こうりゃく》するのでしょうか？　はい、アナスタシア答えてください」

「アカボウシタケをゲットするクエストだねっ！」

「正解ですわ！　アナスタシアにしてはやりますわね！」

まあ、アカボウシタケ採取で有名な場所だからな。誰でも分かる。

「クララちゃん、実は私もね、アカボウシタケをゲットするクエストなんだよ。これは運命だよねっ」

「運命ちがいますわ。これは宿命です。私たちは勝負をする宿命を持って生まれてきた二人だったということなのですわ。というわけで、アカボウシタケをどちらが先に集めきるかを勝負をしませんこと？」

「望むところだよっ」

「では、いざ尋常《じんじょう》に」

「勝負開始〜っ！」

アーニャとクララがかわいく散らばっていった。木の根っこや草花の向こうを見てアカボウシタケがないかを確認《かくにん》していく。

俺もアカボウシタケを探すか。いや、二人が勝負をしているんだ。アーニャの加勢をしたらダメか。

じゃあ、木陰《こかげ》で休憩《きゅうけい》でもするかな。

……あれ？　木々の少し先に異変を感じた。枝を雑に切られまくったような可哀相《かわいそう》な植物がある。

これは……ライチか。ちょうど今頃《いまごろ》が美味しい時期だったな。魔獣にでも食《く》い荒《あ》らされたんだろうか。いや、違う。大人の男性の足跡《あしあと》が複数残っている。人間がやったのか。

こんなにも枝を深く雑に切ってしまったら、来年は実をつけないかもしれない。昨日もこういうことがあったんだよな。これがソフィアさんの言っていた盗賊《とうぞく》たちの仕業《しわざ》ってことなんだろう。困ったもんだな。

これってもしかして、ギルドに食料調達系のクエストがたくさん入っていることと何か関係があるんだろうか。俺の直感的なものだが、何か繋《つな》がりがあるように感じられる。

「アナスタシア、今、何個ですの？」

「ふっふーん、一〇個だよっ。クララちゃんは？」

「おーっほっほっほっほっほ。さすがは弱小ギルド、たいしたことないですわね。私は一一個ですわっ」

たいして変わらないじゃん。でも、アーニャはちょっと悔《くや》しそうにしていてクララは満足そうだ。二人にとって一個の差は大きいらしい。

「負けないからねっ。絶対に大逆転するからっ」

「おーっほっほっほっほっほ。やれるものならやってみなさい。無理でしょうけどねっ」

あれ、たぬきがいるぞ。とことこ歩いてアーニャの後ろに近づいた。普通のたぬきだろうか。いや、二足歩行した。たぬきはあんなことしないから、あれは魔獣のたぬきだろう。

まあ、どちらにしろ弱い。特に問題はないだろう……って、んんんんん？

たぬきがアーニャのスカートをめくってくれた！　やったー！　意味が分からないがよくやってくれた。ありがとうありがとう、名も知らぬたぬきよ。俺は救われたよ。今どきの女の子が好きそうなピンクっぽいパステルカラーだよ。しかも、ハートマークがいっぱい描《えが》かれてるよ。本当にありがとうな、たぬき。きみは俺のヒーローだ。この恩は一生忘れないぜ。

よーし、じっくり見させてもらおうっと。アーニャのパンツ、神々《こうごう》しいなあ。芸術的だなあ。ずっと見ていたいなあ。この世にこんなにも素晴《すば》らしい景色ってあるんだなあ。

「ちょっとアナスタシア、スカートがめくられてますわよ」

「え、ヴィル様に？」

アーニャの俺への信頼感がよく分かる反応だな……。ちょっとショックだ。

やっとアーニャがたぬきに気がついたみたいだ。

「あ、ひゃあっ、たぬきさんのエッチ！」

たぬきがスカートの中に顔を突っ込んだ。ちょ、おまっ、俺だってそういうのやりたいのにっ。ずるい、ずるいぞ。早く感想を教えろ。良い香りでもするのか。するんだよな。

だって、アーニャのパンツだもん。絶対に良い香りがするもん。

「わわわわわわ、鼻を押《お》しつけないでくださいっ。もふもふすぎてくすぐったいですっ」

いいぞー、照れてるアーニャがかわいいぞー。

できれば俺と場所を変わってくれー。たぬき、お前ばっかり羨《うらや》ましいぞー。

ああー……、アーニャがたぬきの脇を抱っこして離してしまった。パンツがスカートに隠《かく》れてしまった。ああー……。短い幸福だった……。

「もうー、エッチなたぬきさんですねっ」

たぬきがクララを見た。スーッとそっちに寄っていく。

おおっ、クララのパンツか。本邦《ほんぽう》初公開か！　全世界が待望だよな。紳士淑女《しんししゅくじょ》が涙《なみだ》するよな。俺も涙するぜ！

しかし、クララがスカートをしっかりと手で押さえてしまった。

「させませんわっ。淑女《しゅくじょ》は決してスカートの中を見せないものですっ」

チッ、ガードが堅かったか……。

「チッ」

たぬきが俺みたいな舌打ちをした。あーあ、って言いたげに石ころを蹴《け》っ飛ばしてたぬきは諦《あきら》めた。おい、そこで諦めるなよ。紳士《しんし》の俺に涙させろよ。

アーニャがたぬきの首ねっこをつかんだ。ニコニコしている。

「たぬきさん、私のパンツを見たんですからアカボウシタケ探しを手伝ってくださいね」

たぬきがサムズアップした。了承《りょうしょう》したのか。

「よーし、クララちゃん、勝負の続きだよっ」

「え、ちょ、ずるいですわよっ」

「クララちゃんもたぬきさんを見つけて誘惑《ゆうわく》してねっ」

「そんなはしたない真似《まね》を誰がしますかっ」

おおお、たぬきがテキパキ働いている。アカボウシタケを見つけてきてはアーニャに手《て》渡《わた》ししているぞ。

あっという間にクララを追い抜いた。このままアーニャの勝利になりそうだ。

五分後――。

バンザイするアーニャと、悔しそうに奥歯《おくば》を噛むクララの姿があった。

「やった～！〈グラン・バハムート〉の大勝利～！」

アーニャとたぬきがハイタッチした。

「ずるいですわ、ずるいですわ、ずるいですわーっ」

クララが悔しそうだ。

お、たぬきが何か持ってきた。クララのスカートをくいっくいっとして手に持つキノコを手渡した。あ、それ、青い傘のキノコじゃないか。

「負けた後で持ってこられましても……。って、これ、アオボウシタケですわーっ」

あーあ……。やっちゃったよ。クララ、絶対に胞子を吸い込んだだろう。

クララの手からアオボウシタケが落っこちた。心配してクララの顔を見てみると、目が螺旋《らせん》を描くようにぐるぐるになっていた。完全に混乱状態だな。

ポンッとクララの頭頂部にアオボウシタケが生えてきた。胞子にやられた証拠《しょうこ》だ。あれを抜くまで混乱状態は続いてしまう。取ってやらないとな。

「なんだかふわふわしますわ〜」

クララがその場でスキップを始めた。そして次に、手を横に伸ばして首を傾《かたむ》けて、ぐるぐる回り始めた。さらにクララは楽しそうにタップダンスを始めた。上手《うま》い。

「クララちゃん、大丈夫《だいじょうぶ》？」

「アナスタシア！」

「う、うん？」

「実は私、ずっと隠していたことがありますの」

お？　面白《おもしろ》くなりそうだ。混乱状態のクララはどんな爆弾《ばくだん》発言をするんだろうか。

「私、実は、実は――」

「実は？」

「アナスタシアのことがだーーーーーーーーーーーーい好きだったんですわーっ！」

アーニャが夏のお日様に勝てるくらいにキラキラ輝いた。超嬉しそうだ。

「わーっ、クララちゃん、ありがとうー。私も大好きだよーっ」

「そうなんですの？　じゃあ、私たちは両想《りょうおも》いですわねっ」

「うん、親友を超《こ》えて恋人、だねっ」

「その通りですわっ。さあ、私たち二人だけの世界へと羽ばたきましょう！　んーーーーーーーーっ」

うおおおおおお、クララのキス顔って超かわいいやんーーーっ。ずっと脳内に保存しておきたい。そのキス顔。そして、俺にもして欲しい。

クララはアーニャのほっぺにキスをしていた。アーニャが嬉しそうに赤くなっていく。

「ひゃーーーーーーっ。クララちゃん、今の最高だったよっ。天使のキスだったよーーーーーっ。次は私がしてあげ――、あれれ？」

あ、クララに近づきすぎたか。クララの頭にはアオボウシタケが生えてるもんな。そこから胞子がアーニャに届いてしまったんだろう。アーニャの頭にもアオボウシタケが生えてしまった。

アーニャがクララの両肩《りょうかた》をつかんだ。そしてイケメン顔になる。

「クララちゃん、結婚《けっこん》しよう！」

きゃーっ。アーニャがかっこいいーーーっ！　ってなんで俺は乙女《おとめ》っぽい感想になってるんだ。

「OKですわっ」

うおおおっ。おめでとうーーーっ。二人とも末永くお幸せにーーーっ。

ふう、ごちそうさまです。

ここまでにしようか。このあたりで止める方が楽しそうだし。ここで止めないと二人は自分たちの世界に没入《ぼつにゅう》してどこまでもいってしまいそうだしな。

俺はアーニャとクララの傍に行って二人の頭頂部に生えているアオボウシタケを引っこ抜《ぬ》いた。アオボウシタケの目が×になった。ぐるぐるだったアーニャとクララの目は正常な状態に戻《もど》った。

まるで恋人のように見つめ合っているアーニャとクララ。きょとんと二人で目を合わせた。

アーニャが春のお花が咲いたみたいな笑顔《えがお》を見せた。クララがしまったあって顔をしてあとずさった。クララが両手で頭を抱《かか》えた。顔の青ざめ方が面白いな。

「ああああああああああああああああっ。なんたる大失態ーーーーっ。今の嘘《うそ》。今のぜんぶ嘘ですわーーーっ。心にもないことばかり言ってしまいましたーーーっ」

アーニャが幸せな乙女の表情になっている。デレッデレだ。

「クララちゃんの気持ち、ぜんぶ分かっちゃった。えへへ、照れちゃうなー」

「あああっ、過去に戻りたいですわ。時を戻したいですわ。私とアナスタシアの記憶《きおく》を全て消し去りたいですわーーーっ」

「たとえ二人が忘れたとしても、俺だけはクララの気持ちを永遠に忘れないよ」

「ヴィルヘルム様のニヤニヤ顔がむかつきますわーーーっ。一生物の恥《はじ》ができてしまいました。最低ですわっ。って、あああああああああっ。クマが出ましたわーーーっ」

忙《いそが》しいな、クララ。でも、本当にアーニャのすぐ後ろにクマが出た。魔獣《まじゆう》のクマだ。

クマが美味しそうに二人を見ている。どっちを先に食べるかを考えているんだろう。

「ヴィルヘルム様、ヴィルヘルム様ーーーっ」

「分かってるよ。俺が一撃《いちげき》で倒《たお》してやるぜ」

クララとアーニャが俺の後ろにサッと隠れた。

俺のかっこいい技をよーく見ておくといいぜ。

「勇者の神剣技《かみけんぎ》、《爆撃掌底《ばくげきしょうてい》》ーーーっ！」

俺はクマの魔獣の腹に掌底を繰《く》り出した。クマの魔獣が腹を痛そうにする。

だが、この技はそこで終わりじゃないぜ。

掌底から押しつけた俺のエネルギーが敵の皮膚《ひふ》を通って体内へと到達《とうたつ》する。そして、敵の内側を流れる生命エネルギーをぐちゃぐちゃにかき乱してから体内で大爆発《だいばくはつ》を起こすんだ。これが、勇者の神剣技《爆撃掌底》。剣《けん》を使わないがなんとも恐《おそ》ろしい技だぜ。

ドーンとクマの体内で大爆発が起こった破壊《はかい》音がした。その音が山に響《ひび》き渡《わた》る。

「クマーーーーーーーーーーーーーーーーーーッ！」

クマの魔獣が断末魔《だんまつま》の叫びをあげて後ろに倒れた。どしん、と重量を感じる音が響き渡った。

アーニャとクララが目を丸くしていた。怖《こわ》がっているというよりかは感動しているだろうか。

「ヴィ、ヴィルヘルム様っ」

「どうした、クララ」

「今の技、じっくり教えてくださいませっ。なんでも言うことを聞きますわよっ」

「え、なんでも？　本当になんでも？」

「はいっ！　なんでも言うことを聞きますわっ」

「じゃあ、さっきのアーニャへの気持ちが本当のことだったのか教えてくれるか？」

クララの目がポカーンとなった。やっちゃったーって感じの気まずい表情を見せる。困った顔がなんともかわいい。

「や、やっぱりなんでもではありませんわっ。アナスタシア関連はなしでお願いします」

照れてやんの。クララの顔が真っ赤っかだ。

「クララちゃん、素直《すなお》になっていいんだよ？」

「そうだ。そうだ。素直になろうぜ、クララ」

「私はいつでも素直ですわーーーっ」

しかし、自称《じしょう》素直なクララはぜんぜん素直な気持ちを言わないのだった。まあその方がクララらしいか。

アーニャがクララの髪《かみ》をいじってツインテールにする。アカボウシタケの採取勝負はアーニャの勝ちだったもんな。

クララのツインテールは天使みたいにかわいかった。

こんな感じに、賑《にぎ》やかにクエストをこなしていった。仕事は多いながらも毎日楽しんで働けていると思う。

ギルドに帰ればいつも美味しいご飯が待っている。お腹《なか》いっぱい食べてエネルギー補給をしっかりして、長時間ぐっすり眠《ねむ》る。そして、次の日も仕事に励《はげ》む。

何もかも上手くいって仕事がぜんぶ片付いて、そうしたら俺はスキップするようにひきこもり生活に戻ることができる。このときの俺はまだ本気でそう思っていたんだ。

◇

俺が〈グラン・バハムート〉に復帰してから一〇日が経過した。

すっかり俺はやつれている。働けども働けども一向に仕事が減らないんだ。

おかしい。こんなはずじゃなかった。かなりのスピードで大量にクエストを攻略しているはずなんだが、仕事が来るペースの方がずっと早いんだよな。

来る仕事はどれも食料調達系ばかり。近場で取れそうな食料はあらかた取ってしまったから、最近は遠方に行くクエストばかりが溜《た》まってきている。

俺は〈グラン・バハムート〉の掲示板《けいじばん》を見て気落ちしていた。

「ああ……、ひきこもり生活に戻れるのはいったいいつになるんだろうか……」

もしかしたらこのまま仕事に追われて一生戻れないのかもしれない。そう思わせるくらいに仕事が順調に来すぎている。

「ヴィル君ーっ、私と一緒《いっしょ》にクエストに行こうよっ。今日もはりきっていこうーっ」

「元気っすね、ソフィアさん……」

「だって、仕事が楽しいからねっ」

ソフィアさんの笑顔がキラッと強烈《きょうれつ》な輝きを放った。

「うわ、眩《まぶ》しいっ、ひきこもり願望の強い俺にはソフィアさんは本当に眩しいっ」

「あははっ。ヴィル君、元気だしていこうよっ。この仕事が全部片付いた頃《ころ》にはサマーバケーションが来てるよ。楽しい休日が待ってるんだからもう少しだけ一緒に頑張《がんば》ろうっ」

ソフィアさんが俺の背中を楽しそうに押して外へと向かわせる。

「サマーバケーションって一ヶ月は先じゃないですか。楽しみにするにはちょっと遠すぎませんか?」

「仕事に没頭《ぼっとう》してたら一ヶ月なんてあっという間だよ～っ」

「うわあ、ひきこもってない人の考え方だ……」

俺には一ヶ月の労働は長すぎるぜ。

「今日は海方面に行くよーっ。難易度の高いクエストが四〇個もあるから気合いを入れて行こうねっ」

「よ、四〇個……。昨日もそれくらい攻略したのに……」

「お姉さんとはりきって歌いながら行こうかーっ」

「え……、ここから海までかなり距離《きょり》がありますけど……」

ソフィアさんは本当に歌いながら海まで行ってしまった。これがひきこもっていない人のパワーだよな。俺には無理だった。

それから頑張って四〇個のクエストを攻略した。難易度はＣからＡばかり。苦労するものばかりだった。

あっという間に二日が経過した。

俺はますますやつれていた。エヴァの祖父のフランキーさんにひさしぶりに会ったら、「あれ？　ちょっと痩《や》せたか？」って聞かれてしまった。確かに痩せたと思う。ベルトがちょっとゆるくなってるし。

　さすがに今日はひきこもって休息を取ろうと思う。誰《だれ》がなんと言おうと俺はひきこもる。

アーニャが作っておいてくれた朝昼兼用《けんよう》のご飯を食べた後、俺はベッドにダイブした。

　今日ゆっくり過ごせば、明日からまた元気にクエストをこなせるはず。休息は大事だ。

しっかり休むぞ。

　……ベッドの隣《となり》にアーニャが立っている。期待いっぱいの眼差《まなざ》しで俺を見つめている。

イヤな予感しかしないぜ。

「ど、どうしたアーニャ。クエストでちょっと遠くへ行ったんじゃなかったっけ？」

「実は大至急のクエストが入りまして。ヴィル様、どうか一緒に行って頂けませんか？」

「ど、どういうのだ？」

「Aランク魔獣が近くの村で暴れ回っているんです」

「う……」

「しかも、竜種《りゅうしゅ》です。兵士さんは全滅《ぜんめつ》しました」

「うう……」

「ついでにそちら方面のクエストを私と一緒に攻略して頂きたいと思いまして」

「な、何個くらいだ？」

「五〇個ですっ。優秀《ゆうしゅう》なヴィル様なら余裕《よゆう》ですよねっ」

「ううう……」

アーニャの無垢《むく》な期待が心に刺《さ》さりまくってくる。いててて。いてててて。心が痛い。

この期待の眼差しに見つめられていては、ちょっと今日はごめんねとか言えない。

うううう……。起き上がるしかない……よな……。

「俺、頑張る……」

「さすがヴィル様です！　世界一かっこいいですっ」

アーニャの笑顔が眩しいっ。この笑顔の前にはどうしても弱い俺だった。

「だ、だろう？」

そこからさらに二日が経過した。俺はますますやつれていた。けっきょく少しも休めていない。毎日毎日、仕事仕事仕事……。ううう、精神もやつれてきたぜ。

もう目は覚めているんだが、身体がベッドからどうしても起き上がろうとしない。

なんか白いもふもふがてくてく歩いてきて俺の部屋に入ってきた。すげー嬉しそうだ。

「起きやがれ、このニートやろうーーーー！」

「やっぱりかああああああっ。容赦《ようしゃ》ないな、ミューちゃんは！」

俺《おれ》はベッドごとひっくり返されてしまった。もぞもぞと這《は》い出してミューちゃんを見上げる。ミューちゃんはニマッと大きな笑顔を見せた。

「今日は一緒にクエストに行くんだミュー」

「え、いやだ」

「目の下のクマが凄《すご》いミューね。毎日バカみたいに長時間眠ってるのに、実は眠れてないミューか？」

「眠っても疲《つか》れが取れないんだよな。過労だと思うんだが……」

「けっ、ほんのちょっと頑張った程度で過労なんて言うのは甘《あま》えだミュー」

「ひでー。ミューちゃんには人の心がないのか」

「ソーダネ！　あるわけがないミュー。だって魔獣だもの」

「デスヨネー」

知ってた。この白いもふもふは人語を巧《たく》みに操《あやつ》れど魔獣だ。人の心なんてないよなー。

「というか、労働者っぽい良い顔になってきたミューね」

「ミューちゃんの労働者っぽい顔の認識《にんしき》に疑問を感じるぜ。ていうか、マジで俺とミューちゃんでクエストをするのか？」

「ソーダネ！　ソーダネミューの毛を刈《か》る仕事が入ったんだミュー」

「なーんだ。マジかー。張り切ろうとして損したよ。すぐに終わる仕事じゃないか。ちょっとハサミ持ってこっち来いよ」

「ソーダネ！　って、ちっがーーーーーーーーーーう！」

「なんだよ。自分でハサミを持ってくるのがイヤなのか？　えーと、ハサミハサミ」

俺はゆっくり立ち上がって、この部屋にあるハサミを手に取った。これでミューちゃんの白い毛をぜんぶカットしてやるぜ。

なんかミューちゃんが真っ青になっているぞ。

「ハ、ハサミを持って近づくなミュー。怖いミュー！」

「ぐへへ……」

「毛がぜんぶなくなったらお嬢《じょう》が泣くミュー！」

「まあ、泣くだろうな。ふふふ……」

「だ、だから野生のソーダネミューの毛を刈る仕事をしに行くんだミュー！」

「は？　ミューちゃんは自分を犠牲《ぎせい》にしたくないから仲間の毛を売るのか？」

「ソーダネ！　って、まるで人でなしみたいに言わないで欲《ほ》しいミュー」

「だってミューちゃんは人ではないんだし」

魔獣だ、魔獣。

「そうだけど、野生のソーダネミューに会ってじっくり交渉《こうしょう》するミュー。毛を刈ってもいいですかって。ソーダネミューはこの時期は暑くてたまらないんだミュー。夏の間は毛をカットするくらいでちょうどいいんだミュー」

「それって夏毛でも暑いのか？」

ソーダネと返事が来た。それは大変な種族だな。まあ、見ているだけで暑いもんな。冗《じょう》談《だん》じゃなく、ミューちゃんの毛を刈っていいなら俺が刈ってやりたいくらいだぜ。

「というわけで野生のソーダネミューと交渉をしに行くから、ＯＫしてくれたソーダネミューの毛を刈ってクエストを達成しようミュー」

「なるほどな。しょうがない、やってやるか。それが終わったら今日は真《ま》っ直《す》ぐに帰ってゆっくりするからな」

「ところがどっこい」

「う……」

「同じ方面にクエストが六〇個ほどあるんだミュー」

「うう……」

「一緒に励むんだミュ～」

「ううう……」

ちくしょううう。ちくしょうううう。今日こそは休もうと思ったのにーーーー。

こいつ、見た目はゆるキャラみたいなのに言うことやること全部ドSかよ。六〇個って、六〇個ってさあ……。夜まで働かないと絶対に終わらないじゃないか。

しかし、腰《こし》こそ重いが、優秀で真面目でかっこいいこの俺は、六〇個のクエストを全部こなしてしまうのだった。

そして、ますますやつれていくのであった……。

ああ……。あああ……。ああああ……。

どれだけ寝《ね》ても疲れが取れない。アーニャのツボマッサージもきかなくなった。

これもうギルドの人数を増やさないと回らないと思う。

ふらふらしながら起き上がって顔を洗ってキッチンに来た。

俺のための料理を温めてくれているエヴァがいた。あ、そうか、エヴァがいるじゃん。

エヴァなら魔法が得意だし、魔具《まぐ》店の孫娘《まごむすめ》だから日頃《ひごろ》から山で素材収集とかしてるプロフェッショナルだ。最高の戦力になると思う。

「ねえ、ヴィルお兄さん。今日はエヴァちゃんもクエストのお手伝いをしようと思うんだけど」

まさかまさかの向こうからの提案！　渡りに船だ！

「ありがとう！　凄く助かるよ。エヴァなら百人力だ！」

「だから、ヴィルお兄さん、これからエヴァちゃんと一緒にクエストに行ってくれる？」

「え……？　そういう話？」

「ついでに同じ方面のクエストが七〇個あるんだけど。一緒に攻略してくれる？」

「えええ……？　な、七〇個……？　それ、一日でやらないといけない量なのか……」

俺は頭の中が真っ白になっていった。エヴァの声が遠くに聞こえる。

ぐぬぬぬ……。ぐぬぬぬぬぬ……。けっきょく休めない。

入ってくるクエストって食料調達系ばっかりなんだよな。依頼元《いらいもと》は食料販売業《はんばいぎょう》とか加工食品業とか、あとは国からのもたくさんあるな。

俺が想像するに、たぶんどこかで食料難が起きているんだろう。しばらく忙しすぎて新聞を読めていないから想像だけども。そういうことでもない限りはここまで食料調達のクエストが増えることはないだろうからな。

ああ、本気で助《すけ》っ人《と》が欲しい。このままじゃあ、いずれ限界が来る。疲労《ひろう》で俺のパフォーマンスが落ちたら仕事が滞《とどこお》ってしまう。そんなことになったら、せっかく〈グラン・バハムート〉の人気が上がったのに信頼《しんらい》が落ちてしまう。それだけは避《さ》けたい。

誰か良い助っ人はいないだろうか。この際、別のギルドの人間でも構わない。誰かベテランで良い人は……。

いや、一番強く思《おも》い浮《う》かぶのは俺の弟のトニーだった。

あいつは優秀だ。助っ人に入ってくれれば助かるなんてものじゃない。だけど、トニーはまだ学生なんだよな。期末テストがそろそろ近づいてくる時期だ。弟の勉学の妨《さまた》げになるようなことは、兄としてあまりしたくなかった。

第3章 ★★★ ひきこもりは切《せつ》に休息を望む

「ああ……、疲れた……。今日は一人で八〇個のクエストを達成した……ぞ……」

夜まで働いてしまった。もうげっそりなんてものじゃない。ベルトを締《し》める位置が穴二つ分も変わっているんだよな。しかも、疲労のせいで食が細くなってきた。

いつまでこんな生活が続くんだろうか。いつまでも続く気がする。だって、仕事がどんどん入ってくるんだもん。嬉《うれ》しい悲鳴がやばいぜ。もはや大絶叫だ。

「はあ……。働くのって大変なんだな……」

ひきこもらずに働いているみんなは本当に凄いなあ。ひきこもりの俺のメンタルじゃあ、こんなしんどいのを長く続けていくのは無理だぜ。

「まあ、最近の俺ほど働いている人はこの街にはいないと思うけどな……」

ああ、風呂《ふろ》、気持ち良いな。

お湯の温かさと浮力《ふりょく》で身体と心が軽くなっていく感じがする。こんなの絶対に長風呂《ながぶろ》しちゃうぜ。あー、精神がお湯に溶《と》けていくー。労働の後の風呂って良いなー。

「だからと言っても、明日も仕事を頑張ろうって気持ちにはならないけどな。ふあーあ」

欠伸《あくび》が出た。リラックスしすぎだろうか。

でも、風呂って本来はリラックスするところだから、きっとこれが正しいんだろうな。

「ベッドでだらだらして一日中ずっと小説を読んでいたいな」

ちょっと前までは当たり前にそういう生活だったのにな。今はなんでこうなったんだろうな。

「やっぱり……ひきこもりって……、素晴らし……かっ……た。ぐう……」

しばらくして、口の中に水が入ってきた。

「あぶぶぶぶぶぶぶぶぶうぶぶぶぶっ」

あれ、ここってどこだったっけ。今、どういう状況《じょうきょう》だっけ。俺は布団《ふとん》で寝てたんだっけ。

違《ちが》う、ここは風呂だ。

ざばーっと上半身を湯船からあげた。

「こわっ、あっぶねー。危《あや》うく風呂で溺《おぼ》れ死《じ》ぬところだった」

ひきこもりの俺が人の家の風呂で溺死《できし》。そんな超かっこわるいニュースになるところだった。笑えねー。俺、疲れすぎだろ。

風呂で眠ったのは初めての経験だ。人って本当に風呂で眠るんだな。知識としては知っていたけど実際に自分がやるとは思わなかったぜ。

「ヴィル様ー、起きてますかー？」

ガラッと風呂のドアが開かれた。アーニャだった。心配そうな表情をしていたが俺の顔を見るとニコッとしてくれた。かわいい。

「ああ、起きてる起きてる」

なんとかアーニャを安心させた。

このまま風呂にいるともう一眠《ひとねむ》りしそうだったからすぐにあがった。

そして、二階にあがってベッドで大の字になる。

「つ、疲れた……。もう疲れ果てた……。俺が眠っている間に、妖精《ようせい》さんが仕事をぜんぶ片付けてくれたらいい……の……に……な。ぐう……」

あっという間に俺は深い眠りに落ちていった。

時計の針がどんどん進んでいく。今は草木も眠るようなド深夜だと思う。

おかしいな。眠りながらでもはっきりと分かる。俺の部屋に怪《あや》しい何かが侵入《しんにゅう》してきたみたいだ。俺を不安にさせるような魔力《まりょく》を感じる。

一度寝《ね》たら絶対に自分のタイミングでしか起きないという定評のある俺だが、さすがにここはうっすらと目を開けた。

なんだろう、これは。

俺の顔のすぐ隣に光の球がある。心霊《しんれい》現象だろうか。それとも俺が寝ぼけているだけだろうか。

その光の球が一瞬《いっしゅん》、羽ばたいた気がした。

「この街の住人をたくさんチェックしましたけど、間違《まちが》いなくこの人が圧倒的《あっとうてき》に一番魔力が強いです。つまり、私のご主人様に相応《ふさわ》しいのはこの人ということですねっ」

「あん？」

なんか女の子の声で何かを言われた気がした。でも、寝ぼけててよく聞こえなかった。

目をゴシゴシする。さっきまでよりもはっきりと見えてきた。光の球の正体は小さな少女だった。

その少女、白いワンピースを着ていて四枚羽根で……、背の高さは俺の手の平を思い切り広げたくらいのサイズかな。どう見ても妖精さんにしか見えない。俺が寝ている間にこっそり仕事をしてくれるタイプの妖精さんだろうか。

「なあ、もしかして、このギルドに隠れ住《す》む妖精さんか何かか？」

「え？　違いますけど？」

「そうか。よく俺の前に現われてくれたぜ。すげー助かるよ。俺、困ってたんだ。こっそり仕事をしてくれるタイプの妖精さんだよな。本当にマジで助かる。ありがとう」

「あのー、違うって言ってますけどー」

「そうかそうか。あとはよろしく頼《たの》むな。俺は眠るから」

「あ、ちょちょちょちょ、ちょっと待ってください。なんでこの状況で眠れるんですか。起ーきーてーくーだーさーいーっ。ああもうー。眠っちゃいました」

ぐー……。

「顔の上で羽ばたいてあげましょうか。さすがに眩しくて眠れないはずです」

「んんんー……、妖精さん、ちょっと眩しいぞー」

寝ぼけながら手で妖精さんを払《はら》った。が、俺の手は妖精さんの身体をすり抜けてしまった。あれ、マジで。

俺は目をしっかり開いた。もう一回、今度はちゃんと妖精さんを見てから手で払った。

やっぱり手が妖精さんの身体をすり抜けている。

「妖精さんって触《さわ》れないのか。もしかして、できる仕事に限りがあるのか？」

「そうですね。私のできる仕事は人間や魔獣をバッサバッサ斬《き》り殺すことだけですから」

「なにそれ怖い。そんな妖精さんがいるのか。ぜんぜんかわいくないじゃん」

「かわいくない言わないでくださーいっ」

「仕事ができないならどうでもいいや。俺は眠りに戻る」

「あ、ちょっ、私の相手をしてくださいよーっ。私、斬り殺すのは凄く得意ですよーっ」

「そっか……。それじゃあ、別の日に……出直してくれ。俺は眠るから。ぐー……」

「睡眠欲《すいみんよく》が旺盛《おうせい》ですかっ。はうう……、魔力がもったいないから今日は帰りますね。まさかこんなに興味をもってもらえないとは思いませんでした。……これは戦略が必要ですね。私が優秀な武器であることをあなたに証明する必要がありそうです」

妖精さんが四枚羽根でかわいく飛び上がったようだ。

「あ、そうそう、私には今は触《さわ》ることができませんが、魔力が溜まりきったときには触れるようになりますよ。どうかその日を楽しみにしていてくださいね。では、失礼します」

なんとなく、これからイヤな何かが起きるんじゃないかって気持ちになった。でも、相手をしている余裕がない。俺には睡眠《すいみん》の方が今は大事だ。

俺は眠りの深淵《しんえん》へとずぶずぶ落ちていった。

◇

目が覚めたのは昼だった。黒猫《くろねこ》のブラッキーちゃんが肉球で俺の顔面をパンチしまくるもんだから起きざるをえなかった。一〇〇〇回くらいペチペチやられたかな。

起きたら意地悪そうにニヤッとされてしまった。イヤな寝覚《ねざ》めだぜ。

顔を洗ってからキッチンへと行く。エヴァが俺の昼ご飯を用意してくれていた。アーニャのフリフリなエプロンが似合ってるぞ。かわいい。

エヴァに礼を言って俺は席についた。

「そうだ。エヴァに聞きたいことがあったんだ」

エヴァがかくんと不気味に首を傾《かし》げた。もう少し普通《ふつう》の角度で首を曲げられないんだろうか。無理なんだろうなあ。

「昨日の夜にさ、俺の枕元《まくらもと》に妖精さんが現われたんだよ」

なにそれって顔をされてしまった。

「いや、本当に現われたんだよ。しかも、どういうわけか身体を触れない妖精さんだったんだ。今にしてみればあれは心霊現象の類だったんじゃないかなって思ってさ……」

そもそも妖精さんって実際にいるのかどうかもよく分かっていない存在だ。それが俺の枕元に唐突《とうとつ》に現われる理由ってあるんだろうか。

「ヴィルお兄さん、寝ぼけてたんじゃない？　妖精さんなんて本当にいたの？」

「いやー、確かにいたんだよな。夢とかじゃなくてさ、はっきりと覚えてるんだ。すげー不安にさせてくる感じの魔力を放ってたんだよな」

エヴァが不気味ににやーっとした。大人向けホラーに出てくる怨霊《おんりょう》になれそうだな。

「もしかして何かに呪《のろ》われちゃったんじゃない？　ヴィルお兄さん、良いなあ。ケケケ……ケケケケケ……ッ」

「うわー、めちゃくちゃ嬉しそうだな」

「だって、エヴァちゃんそういうの大好きだからね。ヴィルお兄さん、本当に羨《うらや》ましいなあ。ケケケ……ケケケケケ……ッ」

おおお、エヴァの髪がうねうね伸《の》びていく。怖えー。謎《なぞ》の妖精さんよりエヴァの方が不思議で怖い。あっという間に床《ゆか》につくくらいの長い髪になってしまった。

「あああっ、大失敗……。夏は暑いから髪が伸びないように気を付けてたのに」

エヴァがリボンを取り出した。長い髪をくるくるしてポニーテールを作っている。めちゃくちゃかわいいじゃないか。

「あ、お昼ご飯できたよー」

「サンキュ」

エヴァが作ってくれたのは、ほどよくこんがり焼けたホットサンドイッチだ。具材はチーズと厚いハム、それにしゃきしゃきレタスに目玉焼きだ。

早速《さっそく》、一口かぶりついてみた。

うわっ、うめーーーー。ピリ辛《から》な香辛料《こうしんりょう》が抜群《ばつぐん》に味を引き立てている。食べれば食べるほど力が漲《みなぎ》ってくるぜ。牛乳ともよく合うんだこれが。

最高だ。エヴァは絶対に将来、良いお嫁《よめ》さんになれるぜ。

「これ、最高に美味《おい》しいぞ！」

エヴァがニコニコする。子供の食べっぷりを喜ぶ母親みたいだな。

あ、ギルドにお客様が来た。こんにちはーと声が聞こえてくる。

「はーい」

エヴァがエプロンを外してから応対に出てくれた。俺はエヴァに感謝を伝えて、引き続きホットサンドを味わった。

「ヴィルお兄さん、ヴィルお兄さーん！」

あれ、エヴァがなぜかお客様を残してキッチンに戻ってきたぞ。

いったいどうしたんだろうか。ほっぺが真っ赤に火照《ほて》っていて瞳《ひとみ》がキラキラだ。完全にときめき乙女モード。気のせいか肌《はだ》ツヤ髪ツヤが良くなってないか。エヴァらしからぬ表情だ。

「どうした。かっこいい人でも来たのか？」

ポンッとエヴァが赤く染まった。ほっぺに両手を当てて照れている。かわいいな。

「まるで王子様みたいな人だったよ」

マジか。そんなにかっこいい人が来たのか。

「ヴィルお兄さんに会いたいって」

「俺に？　王子様みたいな人が会いたいって？　はて……」

心当たりがないな。俺はひきこもりになってから男性との交友関係はほとんど広がっていない。かっこいい人なんて会話をした記憶すらないぞ。

「すみません、お待たせしました」

とりあえず出てみた。あれ、思いっきり知ってる顔がいたぞ。

「兄さんっ。聞いてくださいよっ！」

「なんだ。トニーだったのか」

でも、納得《なっとく》がいった。俺の弟のトニーは確かにかっこよくて王子様みたいだ。容姿に関しては街で一番まであると思う。

トニーがカウンターに手をついて身を乗り出すようにしてきた。

「兄さん、もうすぐ隣国《りんごく》との友好式典があるのはご存じですか？」

ぜんぜん想像のつかない話題が来た。

「俺、ここのところ新聞を読めてないんだよ。どの国との友好式典があるんだ？」

「西にあるシーガル公国です。友好一〇〇年を祝う盛大《せいだい》な式典があるんですよ」

シーガル公国は海を渡った先にある島国だ。

数百年前までは俺たちの住むこの国の一部だったんだが、色々とあって今は別の国になっている。それからもっと色々とあって、今は友好国だな。その友好の一〇〇周年か。

「その友好式典と、トニーがここに来たことには何か関係があるのか？」

「その式典で、ワンダースカイ家の代表としてトニーが挨拶《あいさつ》をしなさいって父上が言うんですよ」

「父上がそんなことを……」

「おかしいですよね。ワンダースカイ家には兄さんっていう素晴《すば》らしい人がいるのに」

「いや、あの父上なら言いそうだぞ。トニーを推《お》しても一つも違和感《いわかん》がない」

「えっ、兄さんまで何を言ってるんですか。ていうか、兄さん？　なんかだか前に会ったときよりもだいぶ痩せてる気がするんですけど。目の下のクマも酷《ひど》いですよ」

「ああ、俺、ちょっと過労なんだ」

ひきこもりのくせに過労なんて言う日が来るとは思わなかったぜ。

トニーの眉《まゆ》がぴくりと動いた。

「もしかして兄さん、今って困ってる状況なんですか？」

凄く期待に満ちた目だな。

「ちょっとって言うか、だいぶ困ってるぞ。あれを見てくれよ。掲示板に貼《は》ってあるあの仕事の数を。俺が過労状態になるまで攻略《こうりゃく》しまくってるのに、減るどころかちょっとずつ増えていってるんだぜ」

「な、なるほど……。これは確かに凄い仕事量ですね。よーし、これ、ぜんぶ僕《ぼく》がやりますよ。僕はどうせヒマですし」

トニーが嬉しそうにしている。なんでだ。仕事だぞ。労働だぞ。普通はイヤがるものなのに。

「学生なのにそんなに働きたいのか？」

「働きたいんじゃなくて、僕は兄さんの役に立ちたいんですよ」

うわー、なんて兄想《おも》いの良い弟なんだろうか。

喉《のど》から手が出るくらいに手伝って欲しい。なにせトニーは兄の俺に似て優秀だ。手伝ってくれたら戦力になるどころじゃない。

「授業はいいのか？　期末テストだってもうすぐだろ？」

「僕、早めに単位を取ってますから実はもうほとんど授業に出なくていいんですよ。期末テストはありますけど一教科だけです。だから何も問題ありません」

「すげーな。そんなに学業に励んでたんだな」

「だって僕、兄さんみたいに凄い人になりたいですからね」

つまり、トニーはひきこもりになりたいんだろうか。

兄としてはあまりお勧《すす》めはしないぞー。世間の風当たりは強いし、実家で出る料理の質はだんだん下がっていくし、父上はあんな人だしな。良いことは本当にあんまりない。それでもひきこもりをやるっていうのなら、俺みたいに覚悟《かくご》を決めて部屋に封印《ふういん》をかけるくらいはしないとな。じゃないとやってられないぜ。

おや、ギルドの入り口が賑やかになってきた。あの華《はな》やかで元気な空気はソフィアさんだろう。

「たっだいまーっ。お仕事から帰ってきたよー」

やっぱりソフィアさんだった。

「エヴァちゃーん、ヴィル君をそろそろ起こす時間だよねーっ。今日はお姉さんが色っぽく起こしてあげるよーっ。それから速《すみ》やかにヴィル君をお仕事に送り出して馬車馬のように働かせ……って、あれ？　うっそーーーっ。ヴィル君がもう起きてるーーーっ？」

アーニャがぴょこっとソフィアさんの後ろから現われた。

「わあ、凄いです。ヴィル様がもう起きてますーっ」

続けてミューちゃんが扉《とびら》から入ってくる。

「うっげーっ、ニートやろうがもう起きてるミューーッ。天変地異だミューーッ」

トニーが姿勢を正した。社交的なスマイルでみんなを迎《むか》える。

「うわ、王子様みたいにキラキラな美少年がいるよっ。ヴィル君、この美少年は誰っ？」

「俺の弟のトニーですね」

「え？　ヴィル君の弟？　ぜんぜん似てないじゃん」

「そうなんですよねー。小さい頃からよく言われます」

「トニー君、初めましてー。ねえ、きみって年上のお姉さんに興味はあるかなー？」

「ちょっと、ソフィアさん。出会《であ》い頭《がしら》に弟を口説かないでくださいよ」

ソフィアさんが「えーっ！」と残念そうにした。かなり乙女《おとめ》の顔になっている。それ、
俺には見せてくれたことのない表情だな。なんか敗北感があるぜ。

ミューちゃんが興味深そうにトニーの顔を見ている。

「ほーん、ニートやろうにこんなにかっこいい弟がいたんだミューーね。職業はやっぱりひ

きこもりミュー？　それともニート？」

「え？　え？　今のって僕に挨拶してくれたのかな。よろしくね？」

ミューちゃんがあからさまにショックを受けている。自分の声が伝わらなかったのがショックだったようだ。

ミューちゃんの声って心の汚《よご》れている人にしか聞こえないからな。まあ、トニーには声は聞こえないだろう。

「う、うっそだーーーっ。こんなにかっこいいのに心まで綺麗《きれい》ってありえないミュー。まさか兄弟でここまで違うとは……。兄の方はあんなにがっかりなのに。うわあ……」

ミューちゃんがチラッと俺を見た。

「ああっ、目が汚れてしまったミューッ」

失礼なやつだな。まったくもう。

「ミューちゃん、俺のこともう少し褒《ほ》めてくれよな」

「とは言っても、褒めるところが一つもないミュー」

いやいや、一つくらいはあるだろ。

キメ顔をミューちゃんに見せてみる。吐《は》きそうな顔をしやがった。

「兄さん兄さん、なんで兄さんはソーダネミューと会話ができてるんですか？　魔獣《まじゅう》の心を読む魔法《まほう》があるんですか?」

「実は心の汚れた人にだけ不思議とミューちゃんの声が聞こえるんだぜ」

「え、じゃあ僕も汚れた方がいいですか?」

「それはやめてくれ……。お願いだから。トニーはトニーのままが俺は好きだな」

「兄さん……」

トニーとなんか見つめ合ってしまった。

「ミューちゃんはな、トニーが超《ちょう》かっこいいって言ってたんだぞ。良かったな」

「褒めてもらえてたんですね」

「ソーダネ!」

ミューさん、褒めてくれてありがとう、とトニーがミューちゃんに礼を言った。

アーニャが遠慮《えんりょ》がちにトニーに近づく。申し訳なさそうに話を切り出した。

「あの、トニー様」

「どうしたの、アーニャちゃん」

「今からヴィル様をお借りしてもよろしいでしょうか。締め切りの近いクエストが多くて、ヴィル様がいないととても回らない状況でして」

アーニャはこのギルドのマスターなんだとトニーに伝えた。

するとトニーは、この年齢《ねんれい》でもうギルドマスターなんですか、ととても感心していた。

「あのね、アーニャちゃん、ここに溜《た》まってるクエストなんだけど、僕が全部やっちゃダメかな？　兄さんは見ての通り疲れが溜まってて痩《や》せちゃってるからさ。しばらくは休ませてあげて欲しいんだ」

「トニー様にご対応頂けるのはとても助かるのですが……、よろしいのですか？」

アーニャが俺を見た。

「トニーはしっかり鍛《きた》えてるし優秀だ。必ず〈グラン・バハムート〉の力になってくれるぜ。俺が保証するよ」

アーニャが嬉しそうにした。

「では、トニー様。申し訳ないですが、クエストをお願いしてもよろしいでしょうか。今日中に攻略しなければいけないクエストが八〇個ほどあるのですが……」

「ふっ、任せて。優秀な僕なら夕ご飯までに攻略してみせるから」

「今の口調、ヴィル様にとっても似ていました。頼もしいですっ」

俺はトニーにクエスト攻略を任せることにした。俺のクエスト手帖《てちょう》はトニーに預けたから俺はもう仕事をしないぜ。遠慮なくひきこもって休息を取る。

一番難しいAランククエストは俺が全部片付けてあるし、トニーなら何も心配はいらないだろう。きっと期待以上の成果を出してくれるはずだ。

みんながトニーと一緒《いっしょ》に賑《にぎ》やかに歩いて行った。

トニーを中心に楽しそうだったな。あれ、エヴァも一緒に行っちゃったのか。店番する人がいないじゃん。

はあ、俺がするか。じっくりだらだら昼寝《ひるね》したかったな。

コーヒーをいれて休息を取りつつ、適度にお客様の相手をしてのんびり過ごした。

こんなにゆっくりしたのってひさしぶりだなって思った。やっぱり俺、働きすぎだったんだよ。

◇

「あー、つまんないですー」

私、魔剣《まけん》の自我《じが》です。魔力を使うことで妖精の姿になって自由に動くことができます。妖精のときの名前はフィーネ。名付け親はなんと魔王様《まおう》です。

「あー、やになっちゃいますよねー。私、優秀な魔剣ですのにー」

機嫌《きげん》が悪いのは昨晩のできごとのせいです。

私、街で一番に魔力が強い男性に自己アピールしたのに、ぜんぜん興味を持ってもらえなかったんです。ショックでした。二つ返事で私の所有者になってもらえると思っていたんですけど、どうやら自惚《うぬぼ》れていたようですね。

「ていうか、そもそもなんで私は美術館に飾《かざ》られて見世物にされているんでしょうか？」

頭にきますね。魔剣は使ってこそなのに。好奇《こうき》の視線に晒《さら》されるだけではつまんないですー。

閉館する夜まで我慢《がまん》しました。そして私は、妖精の姿で魔剣から飛び出しました。

物陰《ものかげ》に隠《かく》れながら飛んで良い感じの人がいないかをチェックしていきます。魔剣を使いたくなりそうな人です。悪そうな人がベストですね。

でも、なかなか見つからないです。魔王様がいた時代なら魔剣を欲しがる人はたくさんいたのですが……。

「ああもう、なんでこんなに平和な時代になっているんでしょうか。人間ってもっと闘争《とうそう》を求める生き物だったはずなのですがー」

あー、どこかに都合良く、人柄《ひとがら》があまりよろしくなくて魔剣の力が必要そうな人はいないですかねー。

「まったく！　こんな馬鹿げた話ってあるかよ！」

ドンッとテーブルを強く叩《たた》く音が聞こえてきました。ちょっとびっくりしました。

強い悪意を感じます。魔力はたいしたことないですけど、あの人はなかなかに邪悪《じゃあく》です。

ここは酒場。私は隅《すみ》っこのタルの陰《かげ》に隠れて、先ほど大声をあげた人をしばらく観察することにしました。

端《はし》っこのテーブルで五人くらいでお酒を飲んでいますね。みんな人相が悪いです。私の直感から察するに、あれは盗賊《とうぞく》さんの類でしょうね。

「いったいなぜ大公のやつは、自国の民が食糧《しょくりょう》危機で苦しんでいるときに、この国の友好式典なんかに来られるんだよ。自分だけ式典の美味《うま》い料理を食べられればいいってか！」

大公――。国のトップの人のことですね。おそらくはシーガル公国のことでしょう。

「許《ゆる》せねーよな！　俺《おれ》らがどれだけ頑張《がんば》って、この国で食料を集めてると思ってやがるんだよな！」

「そうだそうだ。略奪《りゃくだつ》に盗難《とうなん》に密輸。どれも簡単じゃないんだ。それなのに、あの大公は何の政策も打たずに、のうのうとこの国に遊びに来やがる。許せるかってんだ！」

「なあ、親分、もういっそ、あの大公がこの国でのんきに観光でもしてるときにさ、さくっと殺《や》っちまいやしょうぜ。今の大公よりマシな国のリーダーなんて、これからいくらでも出てくると思うんですよ」

「そりゃあ俺だって、できるもんならやりたいんだが……。今の俺らじゃ力不足だ。一国のリーダーなんてそう簡単に殺れるもんじゃないぜ。歴史に残るような強力な武器でもあれば別だがな……」

テーブルが暗い空気になってしまいました。

なるほどなるほど。悪い盗賊さんたちですね。略奪盗難《りゃくだつとうなん》密輸どころか、国のトップを殺害して政変を起こそうとしています。そして、おあつらえ向きに強い武器を求めている。

つまり、私が必要ってことですね！

私、決めました。あの人たちに私を、魔剣カタストロフィを一時的に所有してもらいましょう。

そして、あの人たちに大きな事件を起こしてもらうんです。そうすれば新聞に載《の》ることでしょう。私の名声だって広がっていくはず。そこまでいってしまえば、街で一番に強い魔力を持ったあの男性だってさすがに私に興味を持ってくれるはずです。

むはー、素晴らしいです。このプランで行きましょう。

夜道で私は彼《かれ》らに声をかけました。無事、誘《さそ》いに乗ってくれて私たちは手を結ぶことになりました。

盗賊さんたちは入念に計画を練って、後日、美術館に魔剣を略奪しに行くそうです。

面白《おもしろ》くなってきましたね。私は一人、にやけました。いっぱい暴れることができそうです。血を浴びることもできそうです。それが楽しみで楽しみで仕方がありません。

◇

ギルド〈グラン・バハムート〉に溜まっていたクエストはみるみる減っていった。

トニーが熱心に働いてくれているんだよな。見事だと言わざるをえないぜ。正直ここまでの働きぶりは期待していなかった。嬉しい誤算だ。

トニーからは「兄さんはしばらく働くの禁止」と言われているし、弟の言葉に甘《あま》えようと思う。

ソファに寝っ転《ころ》がって新聞を読んだり、小説を読んだり、ゴロゴロしてばかりいるぜ。

幸せな毎日だ。でも贅沢《ぜいたく》なことに、最近は少しだけ退屈《たいくつ》を感じるようになってきてしまった。俺は読んでいた新聞をテーブルに置いてソファに寝っ転がったまま天井《てんじょう》を見る。

「静かすぎるな」

ちょっと前まではクエスト攻略に忙《いそが》しくて賑やかだったのに。それが今や道を歩く人たちの声くらいしか聞こえてこない。このまま俺って、静けさを感じながら過ごしていくんだろうか。それはひきこもりにとって望むところではあるが、少し寂《さび》しさを感じ――。

「たっだいまーっ。今日の私のお仕事、ぜーんぶ終わったよーっ」

あっという間に賑やかになってしまった。俺が感じかけていた寂しさがどこかへと吹《ふ》っ飛んでいったぞ。ギルドで一番元気いっぱいのソフィアさんが帰ってきたからな。

ソフィアさんは納品物を納品ボックスに丁寧《ていねい》に入れてから、キッチンにあるお菓子《かし》を見つけて一人でパクパク食べ始めた。

「ソフィアさん、お帰りなさい」

俺はソファから身体を起こした。

「わ、びっくりした。ヴィル君、起きてたんだ。何も反応がないから死んでるのかと思っちゃったよ」

「いや、死んでたらさすがに心配してくださいよ」

「えー。ヴィル君ならちょっとくらい死んでても水をかけるだけで生き返りそうなのに」

「それもはや人類じゃないですね」

ひきこもりって他の人からしたら乾燥《かんそう》させたキノコみたいにでも見えるんだろうか。俺は水をかけても戻《もど》らないぞ？

「ねえ、ヴィル君」

ソフィアさんがお菓子をもぐもぐしながら俺を見ている。

「今日ってヒマ？」

「忙しいっすね」

「実はここにこんなチケットがあるんだよね」

ソフィアさんが二枚のチケットを見せてきた。何のチケットだろうか。

「これ、美術館のチケットじゃないですか。今、大人気なんですよね。よくチケット取れましたね」

新聞に書いてあったんだよな。美術館が大盛況《だいせいきょう》になってるって。

「ご近所さんからチケットが回ってきたんだー。今の展示特集って何か知ってる？」

「魔王《まおう》の遺物特集ですよね」

「そうそう、それそれ。国が保管していた魔王の遺物を初めて展示してるらしいんだよ。ヴィル君なら興味あるかなーって」

魔王の遺物――。かつて、魔王が作ったり所持していた武器や道具のことを言う。

どれも貴重で高性能。悪用すれば国一つを余裕《よゆう》で滅《ほろ》ぼすことができるかもしれないと言われているヤバいものばかりだ。

国はその魔王の遺物の危険性を理解していたんだろう。魔王亡《な》き後に魔王の遺物を全て回収して、それから一〇〇年もの間、国宝扱《あつか》いで厳重に保管していた。

俺は魔王関連で痛い目にあったことがあるから、本当なら関わりたくはないが……。

「さすがにこれには興味がありますよ。面白そうなのがいっぱい展示されているらしいですからね。知的好奇心《こうきしん》がもの凄《すご》く刺激《しげき》されてます」

「よーし、じゃあ、私と一緒に行こっか」

「え、これからですか？」

「うん、ゴロゴロしてても人生がもったいないし」

「その考えでいくと俺ってどれだけ人生をもったいなく使ってるんでしょうね……」

「街で一番もったいない人生を歩んでるんじゃないかなっ」

「ふっ、一番って響《ひび》きはかっこいいですね」

「ぜんぜんかっこよくないよーっ」

喋《しゃべ》りながら、ソフィアさんに手を引っ張って立たされてしまった。ドアに向かって背中を押《お》される。ソフィアさんが店番をしているミューちゃんに声をかけた。

「ちょっとヴィル君を借りるねーっ」

「ソーダネ！　永遠に返さなくていいミュー」

ソフィアさんにミューちゃんの言葉は伝わらない。ソフィアさんがニコニコした。

「ヴィル君がいなくてやっぱり寂しいんだね。二人は仲良しだね〜」

え、犬猿《けんえん》の仲なのに。ソフィアさんってやっぱり心が綺麗なんだなって思った。

◇

ソフィアさんと一緒に美術館に歩いて来た。

この美術館は国で一番歴史のある美術館だ。少し不便な場所にあるが、そのぶん土地を贅沢に使っていてとにかく広い。しかも、三階建てだ。

美術館に入ってチケットを渡《わた》して、ゆっくりと鑑賞《かんしょう》する。

「あ、ヴィル君、あそこが魔王の遺物の展示じゃないかな。やっぱり人が多いねっ」

警備員がたくさんいる大きな部屋がある。その部屋の立て札を見てみるとソフィアさんの言う通り、魔王の遺物の展示特集だった。

部屋に入るとすぐに俺は胸を圧迫《あっぱく》されるような感じがあった。この部屋にある魔王の遺物が強いオーラをビンビン発している気がするぜ。

「最初の展示は何かなーっ。って、あれー？　ただの古い巻物《スクロール》？」

解説によると、大召還《しょうかん》の巻物っていう名称《めいしょう》らしい。ガラスケースに入れられている。

「これって、ヴィル君みたいに召還魔法《しょうかんまほう》が使えるってこと？」

「解説によるとそうみたいですね。一回きりですけど、この巻物に魔力を込《こ》めるだけでサイクロプスっていう巨人《きょじん》の魔獣を呼び出せるみたいです」

魔王はこれを部下に持たせて街を襲《おそ》わせていたらしい。恐《おそ》ろしいもんだな。

「よーし、次いこー」

ソフィアさん、もう先に行っている。少し早足で次の展示物の前に移動した。

って、なんだこれ。丸くて硬《かた》そうな輪っかが二つ……、ああ、分かった。手錠《てじょう》だ。物騒《ぶっそう》だな。解説によると、えーと……。

「名称はゴルゴーンの手錠。魔力を込めて放り投げるだけで相手に勝手にはまる手錠です。はめられたら絶対に外すことができません。しかも、はまったところから石化が始まる恐ろしい道具です。解錠《かいじょう》の鍵《かぎ》は所在不明。……うわあ、これは絶対にはまりたくないですね」

あれ、隣《となり》にソフィアさんがいると思ったら違《ちが》った。ソフィアさんは知り合いがいたみたいで立ち話をしている。

俺の隣にはツインテールの少女が立っている。この少女、どこかで会ったことがある気がする。何やら真剣《しんけん》に手錠を見ているようだが……。

「むむ……。なるほど、手錠ね。拘束《こうそく》状態からの脱出《だっしゅつ》は手品の王道中の王道。私がやったらうけるかもしれないわ。要検討ね」

ああ、そうか。思い出した。街で手品をしていた少女だ。アーニャがこの少女の手品を気に入っていたな。あれ以来、アーニャは手品の練習をコツコツやっていたりする。

この少女の名前はステファニーだったっけ。

「なあ、ステファニー」

ステファニーがツインテールを揺《ゆ》らして怪訝《けげん》そうに俺を見た。

「拘束脱出系《こうそくだつしゅつけい》の手品をするときはさ、傍《そば》に誰《だれ》かがいるときにしような？」

「なんで誰かがいるときにした方がいいわけ？」

「失敗したときに拘束から抜《ぬ》け出られないと困るだろ？」

凄く納得顔《なっとくがお》をしていた。

「確かにそうね。私って手品が成功したこと全然ないからねー」

分かってくれて良かった。心配して声に出してみて良かったぜ。

「って、誰が手品を失敗するかーっ」

ノリが良いな、ステファニー。

「そのうち凄い手品を見せてあげるんだからねっ。楽しみにしててよねっ」

「ああ、そんな日が来るといいなって思ってるよ」

なんか流れでステファニーも一緒に見て回ることになった。ソフィアさんもいるし、両手に花だな。俺のモテ期が来たのかもしれない。

他の展示も色々と見て回る。

未知の魔王の極限魔法が書かれた本とか、開くと特別なダンジョンに送りこまれてしまう絵本とか、人間にしか見えない精巧《せいこう》な作りの魔法のドールとか、他には見るからに強そうな盾《たて》とか鎧《よろい》とかロッドとか、あとは魔王の日記もあった。死後とはいえ、日記を公開されるのはちょっと可哀相《かわいそう》だよな。

そして、最後の最後は目玉展示だ。

魔王の作った魔剣、名称はカタストロフィという。

たまたまお客さんがはけたタイミングだった。ラッキーだな。ゆっくりと魔剣を見ることができそうだ。

「これが魔王様の魔剣……。斬れ味が凄く良さそうね」

ステファニーが魔剣に魅入《みい》られたみたいに真剣に鑑賞している。

魔剣の見た目は血のように真っ赤な色だ。斬った相手の返り血が染《し》みついて真っ赤になったって言われたら俺は信じてしまうだろうな。

解説を読んでみる。

「魔剣カタストロフィは魔王が作った最強級の武器です。しかし、扱いが非常に難しく、作った魔王本人にしか使いこなせませんでした。魔王が失敗作の魔剣だと言っていた記録が残っています」

へえ、何が失敗だったんだろうな。俺なら使いこなせる感じがするけどな。

って、んんん？　魔剣から何か白い発光体が飛び出してきたぞ。俺の手の平の上にちょうど乗っかりそうな小さな発光体だ。俺の目の前で四枚羽根をはばたかせてかわいく飛び回った。

金髪碧眼《きんぱつへきがん》、白い服を纏《まと》った妖精《ようせい》さんだった。

こんにちはーと丁寧に挨拶してくれた。

「あ、夜にあった妖精さん。夢じゃなかったんだな。なんで魔剣から出てきたんだ？」

「私、この魔剣の自我を実体化した存在なんです。私のことはフィーネとお呼びくださいね。あなたのお名前はなんて言うのでしょうか？」

「俺か？　俺はヴィルヘルム・ワンダースカイだ。しがないひきこもりさ」

ステファニーがなんか反応したぞ。俺が大貴族の家の人だと知ってびっくりしたんだろうか。それともひきこもりってところに反応したんだろうか。

フィーネが可憐《かれん》にはばたいた。

「ヴィルヘルム様、もしかして魔剣を使って頂けるのでしょうか。使って頂けたらとても嬉《うれ》しいなって思うのですが――」

ステファニーが会話を遮《さえぎ》って俺の正面に回ってきた。どうした急に。なんか驚《おどろ》いているみたいだな。

「あ、あなたがヴィルヘルム・ワンダースカイ様っ！」

「様はいらないかな。気軽にヴィルって呼んで欲《ほ》しい」

「私、あなたにずっと会いたかったの！　この気持ちを手品で表現するのなら、そう、こんな感じね」

ステファニーが左手を俺の前に持ってきた。パチンと指を鳴らす。すると、ステファニーの右手にポンッと楽器の縦笛が現われた。まったく意味が分からない。

「すまない、ステファニー。俺の理解力がきみの手品に追い付かないみたいだ」

本当に分からない。どうしよう。

「縦笛でステファニーはどういう気持ちを表わしたかったんだ？　さすがに美術館で吹くのはマズイと思うぞ？」

「普通に失敗したのよっ。なんでこんなに良い場面で失敗するのよっ」

それは手品がヘタだからだろうなあ。

　ステファニーが背中に手をやって何やら取り出した。茎《くき》にトゲが付いている真っ赤な花だ。これは薔薇《ばら》の花だな。背中に入れていて痛くなかったんだろうか。

「本当はこっちを出したかったの」

「一本の薔薇の花か……。ふっ、つまり、俺のかっこよさに心を奪《うば》われたってことだな」

「そうね」

「えっ。俺、ワンダースカイ家の兄の方だぞ？　かっこいいのは弟じゃないか？」

「人違《ひとちが》いじゃないわ。ぜひ受け取って、ヴィルヘルム・ワンダースカイ様。いえ、こう呼ばせてもらうわ。魔王様――」

　喜んで薔薇を受け取ろうとした。が、慌《あわ》てて手を引っ込めた。最後の言葉、いらないぞ。

「魔王は違うなあ。それは人違いな」

「え、でもあなたはヴィルヘルム・ワンダースカイ様でしょ？」

「まあ、そうなんだが」

「じゃあ、間違《まちが》いなく魔王様じゃない」

「いや、完全に人違いだな」

　ステファニーがどこかから新聞を取り出した。トップニュースに俺の名前が載っている。これは少し前に伝説のオバケを退治したときの新聞だな。

「ほらほら、ここ見て。ちゃんと書いてあるわよ。ヴィルヘルム・ワンダースカイ様は魔王様だって。子供たちも目を輝《かがや》かせて口を揃《そろ》えてそう言っていたって書いてあるわよ。ほら、ここにこんなに大きく。ね？」

本当に書いてある。

あのお子様たちめー。伝説のオバケに食べられそうになったのを俺が命がけで助けてあげたのに。恩を仇《あだ》で返すようなことをしやがって。ぐぬぬ……。

「俺は魔王じゃないよ。どちらかと言えば勇者さ。見た目からしてもかっこいい勇者っぽいだろう？」

キメ顔を作ってみた。きまったと思う。

ステファニーが難しい顔になった。

「うーん、見た目だけで判断するのなら本当に冴《さ》えないお兄さんだけど」

ぎゃー。やめてくれ。俺の心は大事に扱ってくれ。今のけっこう自信のあるキメ顔だったんだぞ。それを否定されたら今後どうやってかっこつけたらいいんだよ。ううう……、世の中ってきっついわー。

フィーネが俺の視界に飛んできた。

「あのー、ヴィルヘルム様は魔王様なのでしょうか？」

「違う。断じて違うっ」

ステファニーが身を乗り出すように俺に近づいて来る。

「魔王様っ、私、魔王の極限魔法を見てみたいわっ」

「極限魔法を使えるのですか！　それってやっぱり魔王様ってことですよ。私もぜひ見てみたいです！」

「俺は勇者だっつーの。ソフィアさんも何か言ってくださいよ」

「え？　私は別にどっちでもいいかなーって。ヴィル君はヴィル君だし。たとえ魔王って呼ばれても私はずっと仲良しでいるよっ」

良いことを言っているふうだけどすげー適当な感じっ。

「「わくわく」」

ステファニーとフィーネが目を輝かせる。そんな目をしても見せないぞ。

「ま、そのうち機会があったらな。今日は絶対にダメ」

さて、次の展示に行こう。こういうときは逃《に》げるに限る。

「魔王様、私は諦《あきら》めないからねーっ。魔王様に会うために、私ははるばる海を渡ってこの国に来たんだからっ」

それは凄い行動力だな。ひきこもりの俺には絶対に無理だ。

ステファニーとフィーネは共に食い下がったが、俺は相手にしなかった。俺はどちらかといえば勇者だ。魔王と呼ばれて相手をするわけにはいかないのさ。

第4章 ★★★ ひきこもりは優秀な弟と共闘する

昼過ぎに起きた。トニーたちはクエストに行ったそうだ。だからギルドが静かだな。あとひと頑張りで締《し》め切りが近いクエストはいったん落ち着くんだそうだ。掲示板《けいじばん》を見てみたらめちゃくちゃすっきりしていた。

「……凄いもんだな」

これが今のトニーの力か。ちょっと前までは俺の後ろをついてくるばっかりのかわいい弟だったんだけどな。トニーは俺が知らない間に随分《ずいぶん》とたくましく成長していたようだ。

思い出すなあ。トニーと過ごした数々の思い出を。ああ、走馬灯のように駆《か》けめぐっていく。

「兄さーん、僕、兄さんと同じ量のご飯を食べられましたよっ」

かわいかったなあ、小さかったあの頃《ころ》。

「見てくださいっ。兄さんと同じコーデです。えへへ、似合います?」

やたら俺の真似《まね》をしてくる時期があったよなー。

「兄さん、兄さん、僕《ぼく》、剣《けん》の腕前《うでまえ》が上達しましたよっ」

俺に追い付こうと頑張っていたこともあったっけ。

「兄さーん、見てください。僕、一〇〇点を取ったんですよっ」

トニーは勉学も頑張っていたよな。

「兄さんを心から尊敬しています。いつか僕は、兄さんの隣に立って兄さんを支える立派な男になるんです。だからそのときを楽しみに待っていてくださいねっ」

これは小さい頃からずっと言っていたことだったな。トニーは俺を目標にしていた。だから俺は、トニーに追いつかれないように必死に頑張っていたんだっけ。

「兄さん、兄さん、兄さーん」

トニーは笑顔《えがお》がかわいかったなー。女の子だったら良かったのに。

なんか白いもふもふ魔獣が俺の隣に歩いて来た。俺と並んで掲示板を見る。

「優秀な弟ミューね。誰かさんと違ってな！」

「ああ、そうだな。あいつはすげー優秀だよな」

「ソーダネ！　ってあれ？　ふっ、トニーは優秀だが俺の方がその一〇〇倍くらい優秀なんだぜとか言わないミュー？」

「トニーは俺の自慢《じまん》の弟なんだよ。だから褒めてもらったら俺は素直《すなお》に嬉しいんだ」

「えー。兄弟って憎《にく》み合って殴《なぐ》り合いながら育つもんじゃないミュー？」

「あの綺麗な顔を殴るなんて俺には無理だよ」

「じゃあ、どういう顔なら殴れるミュー？」

「白い毛に覆《おお》われた暑苦しいやつの顔とかかな」

俺とミューちゃんの視線がバチッとぶつかった。まるで火花が飛び散るようだ。

ミューちゃんが手をボキボキ鳴らした。

「ふふふ、ニートやろうとの因縁《いんねん》についに決着をつけるときが来たミューか」

「俺、ちょうどストレスが溜まってたんだ。いいぜ。ストレス発散にボコしてやるよ」

「ストレス？　ニートやろうが？　はっはー。おおかたトニーに嫉妬《しっと》してたんだミュー」

「嫉妬なんてするかよ」

ミューちゃんが手をくいっくいっとしてくる。かなり上からの目線だ。かかってこいやってアピールをしているんだろう。

「ふっ、俺に勝てると思ってるんならそれは大きな勘違《かんちが》いだぜ」

「それはこっちのセリフだミュー。ただのソーダネミューだと思っていたら痛い目を見るのはそっちだミュー」

ミューちゃんが魔力《まりょく》を高めた。目が光り出し、白い毛が逆立っていく。ミューちゃんの強者のオーラが風のようになって荒《あ》れ狂《くる》う。掲示板のクエストの紙が激しく揺れる。

やはりミューちゃんは手強《てごわ》い魔獣だ。普通《ふつう》のソーダネミューとは比べものにならない強さがあるだろう。

だが、優秀な俺の相手になるほどじゃあないな。

「俺が本物の強さってやつを教えてやるよ。さあ、いくぜ」

「かかってこいやー！　ミュウウウウウウウウウウウウウウウウ！」

「はあああああああああああああああああっ！」

二人で気合いを高めた。そして、お互《たが》いに向かって飛びかか――。

店のドアが開いた。可憐な空気をまとった女性が入ってくる。

「こんにちはー」

「「いらっしゃいませー！」」

俺とミューちゃんは勢い余って抱《だ》き合ってしまった。そのまま顔だけをお客様に向けて挨拶《あいさつ》をする。

来店したお客様は公務員の制服を着た女性だった。青い髪《かみ》のクールな美女。俺とは長年の付き合いがあって学生時代はよく一緒に過ごしていた人だ。

「なんだ。リリアーナかよ。気を使わなくて良かったじゃん」

「あら？　お二人とも仲が良かったんですね。ひょっとして誰もいない間に愛を育んでいたんですか？」

「そんなわけあるか。俺《おれ》とミューちゃんは犬猿の仲だよ」

「ソーダネ！」

「でも、とっても仲が良さそうですよ？」

リリアーナが少し意地悪な笑顔を見せた。

「で、今日は何の用事だ？　筋肉を触《さわ》りに来たのか？」

「それはオフのときにじっくりと」

いやん。相変わらず心が汚《よご》れてらっしゃる。

「今日は定期の査察で来たんですよ。ギルドマスターのアナスタシアさんはどちらに？」

「トニーと一緒に働きに出たぞ？」

「はい？」

「アーニャは俺の弟と一緒にクエストだ」

「では、ヴィルヘルム君はここで何をしているんです？」

「お留守番」

リリアーナがまるで虫ケラを見るような蔑《さげす》みの視線をよこしてきた。ドMの人だったら大喜びしそうな冷たい視線だぜ。

「あなたという人はこれだから。まったくもう。一四歳《さい》の弟さんと一二歳の女の子を働かせたらダメでしょう。ヴィルヘルム君、罰《ばつ》として筋肉を所望《しょもう》します」

「ダーメ」

しかし、リリアーナの手が俺の胸に伸《の》びてきた。ソフトタッチしてくる。

リリアーナの細い指先がスーッと俺の胸を撫《な》でた。一瞬《いっしゅん》だけリリアーナがぐへへへと鼻の下を伸ばすような表情になったが、今日は意外と早く指を引っ込めた。

リリアーナがこれはおかしいぞと表情に出してから、もう一度俺の筋肉を撫でてくる。

「あら？　あらら？　あららら？　ちょっと？　ヴィルヘルム君？　ダメじゃないですか。私のために筋肉のコンディションは常に整えておく約束だったはずでしょう？」

「微塵《みじん》も記憶《きおく》にない約束だな……」

「コンディションがとても悪いです。これでは私が愉悦《ゆえつ》にひたれないじゃないですか」

「コンディションが悪い？　おかしいな。別に筋肉痛ではないんだが」

リリアーナがまた俺の胸を撫でた。かなり真剣な顔で。

「この大胸筋の感じ……。ヴィルヘルム君、あなた大きな悩《なや》みがあるでしょう」

「な、なんでそんなことが分かるんだ。リリアーナは筋肉カウンセラーかよ」

「このくらい誰でも分かりますよ？」

「いや、絶対に分からないだろ。リリアーナだけだよ」

「ヴィルヘルム君、悩みがあるのならちゃんと言わないとダメです。ストレスは筋肉に悪《あく》影響《えいきょう》を及《およ》ぼすだけですよ。さあ、私に正直に言ってみてください。一緒に悩みを解消しましょう？」

リリアーナが聖母のようなほほえみをくれた。どこぞの教会の聖女よりもよっぽど慈愛《じあい》の心を持っているだろう。

ただし、この人は基本的には筋肉が目当てだ。筋肉には優《やさ》しくても俺には厳しいってことを忘れてはいけない。ここでうっかり悩み相談なんてしてみろ。俺はきっと痛い目に遭うことだろう。ていうか、そもそも俺には悩みなんて何もない。

「大丈夫《だいじょうぶ》だよ。リリアーナは心配性《しんぱいしょう》だなあ」

「本当に大丈夫ですか？　私、あなたのことはあなたよりもよく分かっているんですからね？　隠し事《ごと》は一生できないと思ってくださいね？」

「まるでかーちゃんみたいなセリフだな」

「また女の子に嫌《きら》われるようなことを言って。悩みがあったら本当にちゃんと相談してくださいよ。抱《かか》え込むと筋肉によくないですからね」

そんなに俺の状態がおかしく見えるのか。ちょっと前なら過労だったけど、今は自覚症状《しょうじょう》は何もないんだよな。

リリアーナがドアへと歩いて行く。

「もう行くのか？」

「ええ。アナスタシアさんがいそうなときにまた来ます。こう見えて、私ってけっこう忙しいんですよ」

「いや、いつも忙しそうだぞ。リリアーナこそ体調を崩《くず》すなよ？」

「ありがとうございます。あ、そうだ。ヴィルヘルム君に伝えたいことがあるんでした」

「俺に？」

「最近、街の中でも外でも盗賊行為《とうぞくこうい》が増えているんですよ」

「ああ、ソフィアさんから聞いた。盗賊を見つけたら連絡《れんらく》するよ」

「いえ、連絡しなくていいです。見つけたら一網打尽《いちもうだじん》にしておいてください。その方が仕事が減って私が定時で帰れる日が増えますからね」

面倒《めんどう》くさそうな顔をしてあげた。

「それでは。ヴィルヘルム君、また筋肉をいっぱい触らせてくださいね。筋肉によろしく伝えておいてください」

「お願いだから俺の筋肉以外にも興味を持って欲しいなって……」

にこりと一つ笑顔をくれて、リリアーナは去って行った。

俺とミューちゃん、二人してリリアーナが出て行ったドアを見ている。

「さて、さっきの続きをするか？」

「もう興が削《そ》がれたミュー。洗濯物《せんたくもの》を取り込んでくるミュー」

「じゃあ、俺は小説でも読むか」

「って、おーい、働け、ニートやろう。急ぎじゃない仕事ならいっぱいあるミュー」

「明日から頑張る。今日は勘弁《かんべん》な」

「それ、永遠に頑張らないやつの言うセリフだミュー」

そうかもしれないな。

今頃《いまごろ》、トニーはアーニャとソフィアさんに囲まれて仕事に励《はげ》んでいるのか。

ちょっと前まではそのポジションには俺がいたんだよな。って、何を考えているんだ俺は。トニーに嫉妬しているみたいじゃないか。

ぜんぶ忘れてソファにダイブした。そしてゴロゴロして小説を読んで過ごした。でも、なんでか楽しめなかった。かなり心が焦《あせ》っている。俺にそんな自覚症状が出てきた。

◇

夜。風呂《ふろ》にゆっくり入って出てきた。そろそろ晩ご飯ができる頃だろう。皿運びとか少しは手伝おうと思う。キッチンに来るとアーニャが笑顔を見せてくれた。

「お帰りなさいませ、ご主人様っ」

「あれ、アーニャが超《ちょう》かわいい服を着てるぞっ」

メイド服だ。メイドさんに扮《ふん》したアーニャ、超かわいいっ。

白いフリフリがいっぱいの黒メイド服だな。スカートはけっこう短くて脚《あし》には黒ストッキング。カチューシャは超かわいい。

ソフィアさんが「アーニャちゃん回ってー」と言うと、アーニャがくるっと回った。スカートがふわーっと浮《う》き上がる。アーニャのかわいい太ももが露《あら》わになった。

素晴《すば》らしい。素晴らしいよ、アーニャ！

「うふふ。ご主人様、いかがですか？　私のメイド服姿は似合っていますでしょうか？」

アーニャがスカートを押さえながら恥《は》ずかしそうにしている。

「最高だぜ！　世界中のご主人様を虜《とりこ》にできると思う！」

アーニャが嬉しそうにした。その笑顔、超かわいいっ。

「お喜び頂けて嬉しいですっ」

「そのメイド服はどうしたんだ？　すげーセンスが良いぞ」

「これはワンダースカイ家にあるメイド服です。トニー様が男の人はみんなメイドさんが大好きだよって教えてくれまして。メイド服まで貸してくれたんですっ」

「へえ。それはトニーに感謝しないとな」

　トニー、ファインプレーだよ！　いやあ、うちにこんなにかわいいメイド服があったんだな。

「はーい、ヴィル君、オムライスができたよー」

　ソフィアさんが大盛りのオムライスを用意してくれた。卵がトロットロで凄く美味《おい》しそうだ。

　皿を置くときに前屈《まえかが》みになったことで、ソフィアさんの胸の谷間が強調された。思わず目を奪われてしまったよ。

「ソフィアさんのメイド服姿はかなり刺激的《しげきてき》ですね。ていうか、なんでソフィアさんまで着てるんです？」

　ソフィアさんの着ているメイド服は胸の谷間がはっきりと強調されているし、丈《たけ》とか凄く短いしで色々とやばいぞ。

「実は私もこういうの一回は着てみたいなーって思ってたんだよね。変かな？」

ソフィアさんがくるっと回ってくれた。スカートがかなり際どいところまで浮き上がったぞ。

「宇宙一素敵《すてき》です」

紳士《しんし》な顔で言った。

「やったー。私も褒《ほ》めてもらえちゃったーっ」

アーニャがケチャップを用意した。絞《しぼ》り袋《ぶくろ》をぎゅっと絞る。オムライスにケチャップで大きなハートを描《えが》いてくれたぞ。

「ご主人様のために私の愛をたっぷり込めましたっ」

「こんなサービスまでしてくれるのか！　大盤振る舞《おおばんぶるま》いだな！」

「も、萌《も》え萌え、きゅん！」

猫《ねこ》みたいな手を作りながら恥ずかしそうに言ってくれた。それがたまらないキュートさだった。

「アーニャ超かわいいーーーっ。おまじないをっ、美味しくなるおまじないをかけてくれないかっ。オムライスに。さあっ！　早くっ！」

そ、それでは、とアーニャがちょっと恥ずかしそうにした。かわいらしく両手でハートマークを作る。

「たーっぷり愛を込めますねっ。美味しくなあれーっ！　ううううう、やっぱりこれはちょっと恥ずかしいですーーーっ！」

くるっと後ろを向いて照れてしまった。超かわいい！　超かわいいぞ！　このギルドのメイドさんは最高すぎるぜ！

俺《おれ》はスプーンを受け取った。そして、オムライスを食べた。

「うめぇーーーーーーーーーーーーーーーーーーーっ！」

アーニャのかわいいサービスがプラスされて、今まで食べたことのないような凄い甘《あま》みが身体中《からだじゅう》に染み渡ってきた。最高すぎる味だぜ。これがメイドさんのおまじない効果か。

ソフィアさんが隣に来てスプーンを取った。そして、オムライスをすくってくれる。

「ヴィル君、ヴィル君、次はお姉さんが優しく食べさせてあげるよ。はい、あーーーん」

ソフィアさんが俺の口にあーんしてくれた。

「うめぇーーーーーーーーーーーーーーーーーーーーーっ！」

「はーい、もう一回だよー」

「ソフィアさん、ずるいです。私もご主人様にしてあげたいですっ」

「あ、こぼしちゃった」

スプーンからオムライスがこぼれてソフィアさんの大きな胸の上にぽよんと落ちてしまった。

「ソフィアさん、それ、食べてもいいですか？」

かなり紳士な顔で真剣にお願いした。

「へ？　これ、おっぱいに落ちちゃったけどいいの？」

「むしろそれがいいんです」

真顔で返事した。ソフィアさんがオムライスを指で取って俺の口に入れてくれた。

「背徳感で超うめぇーーーーーーーーーーーーーーーーーーーーっ！」

「バッカじゃないのかなあーーーーーーーーーーーーっ。はい、もうおしまいおしまい。

アーニャちゃん、私たちも食べようーー」

「待ってください、ソフィアさん。私もご主人様をおっぱいでメロメロにしたいですっ。

それでこそ真のメイドさんですっ」

「どうしよう。アーニャちゃんのメイドさんの認識《にんしき》がちょっとおかしいんだけど」

「別にいいんじゃないですか？　かわいいですし」

アーニャがスプーンを持ってオムライスをすくった。

そして、メイド服の胸元《むなもと》を広げて自分のおっぱいを確認《かくにん》する。そのときだった。アーニャの表情に大きな絶望が窺《うかが》えた。ショックで瞳《ひとみ》がどんどん虚《うつ》ろになっていく。

「ソ、ソフィアさん、どうしましょう……」

「え、どうかしたの？」

「オムライスがひっかかりそうなところがどこにもありませんっ！」

「そういうときはね、よせてあげるんだよ？」

「も、ものには限度というものがありますっ」

「またまたー」

「不可能ですっ。絶望的ですっ」

「そんなことないでしょ。私も八歳くらいのときはよせてあげてボリュームを出して遊んでたし、おっぱいって集めて作り上げるものだよ」

ソフィアさんがアーニャの後ろに回った。そして、手を胸の下にやってからむにゅむにゅ押《お》し上げた。アーニャが恥ずかしそうにする。でも、ちょっと嬉しそうだ。

「あ……れ……？」

ソフィアさんがこれはやっちゃったーって顔になった。凄《すご》い残念そうな顔だ。ボリュームが足りなかったんだろう。

「ソ、ソフィアさん、そんな顔はやめてくださいっ。私の女の子としてのプライドがズタボロですっ」

「お、おかしいなー。あれー。アーニャちゃんってもう一二歳だよね……？」

「あああっ、追い打ちはやめてくださいっ。私のメンタルは既《すで》に瀕死《ひんし》ですっ」

「だ、大丈夫だよっ。アーニャちゃんのママのアンジェリーナさんは巨乳《きょにゅう》だったし。アーニャちゃんもすぐに大きくなるよ。たぶん……」

「語尾《ごび》で自信をなくさないでくださいっ。もっと励ましてくださいっ。私、繊細《せんさい》な時期なんですっ」

「アーニャ、頑張《がんば》れーっ」

俺が励ましてみたらアーニャが恥ずかしそうにしていた。

「ご、ご主人様、私が巨乳になったら今のご奉仕《ほうし》をたくさんさせて頂きますからねっ」

アーニャが指切りげんまんをしてくれた。嘘《うそ》をついたらハリセンボンだ。

俺、忘れないぜ。アーニャの胸が膨《ふく》らんで成長していくのを楽しみに待っているよ。

はあ、罪悪感がある……。

晩ご飯を食べてソフィアさんを送ってきて、一人で部屋に入ったら申し訳ない気持ちがたくさん湧《わ》いてきてしまった。

ベッドに座《すわ》って罪悪感に苛《さいな》まれる。頭を抱えたい気分だ。

「俺、何も働いてないのにあんなに優しくしてもらって良かったんだろうか」

お世話をしてもらって申し訳ない。俺なんて自尊心が強いだけのひきこもりなのにさ。あんなに素晴らしいご奉仕をしてもらえるのは本当はトニーであるべきじゃないだろうか。よく働くし。かっこいいし。

「俺なんかになあ……。もったいないよなあ……」

アーニャは超美少女《ちようびしようじよ》だし良い子だし、ソフィアさんだってどう見てもモテそうな綺麗《きれい》で優しいお姉さんだ。

俺の部屋のドアが遠慮《えんりよ》がちに開けられた。そこにいたのはアーニャだ。メイド服姿のまま、楽しそうに俺を見ている。

「ヴィル様、私、添《そ》い寝《ね》しますっ」

「えっ？」

バカみたいな声をあげてしまった気がする。

「メイドさんはおはようからおやすみまでご主人様にご奉仕するものですから」

アーニャのメイドさんの認識はやっぱりちょっとおかしいかもしれない。きっとご近所さんの誰かに吹《ふ》き込《こ》まれたんだろう。でもまあいいか。

「まあ、たまには一緒《いっしょ》に寝るか」

「はいっ、それでは失礼しますね」

俺がベッドの奥《おく》に行って、アーニャが隣《となり》に入ってきた。二人して並んで仰向《あおむ》けになる。

なんか不思議な感じだ。アーニャって寝っ転《ころ》がると三倍くらいかわいいが増す気がする。

瞳がキラキラしていて何かを求められている感じになる。

アーニャが俺の胸を優しく撫でた。優しい手つきだった。まるで母が子を寝かしつけるみたいな。

静かにアーニャが歌い始めた。子守歌《こもりうた》だった。俺が小さい頃に家のメイドさんが歌ってくれたのを思い出した。これはすぐに眠《ねむ》れそうな気がする。

しばらくして──。

「……。……。くー……。……。……。すー……」

先に眠ったのはアーニャだった。

まあ、そりゃそうだよな。朝早くから起きて家事をして仕事に出て、疲《つか》れはいっぱい溜《た》まっているはず。いつもいつも俺なんかのためにありがとうな。

横を向いてアーニャの寝顔《ねがお》を見た。幸せそうだった。その幸せそうな顔に俺は少し気持ちが救われた。アーニャは無理して俺のお世話をしているわけじゃないって思えたから。

俺は静かに起き上がった。そして、アーニャを優しくお姫様《ひめさま》だっこした。

部屋の前にミューちゃんがいて凄い目付きでこっちを睨《にら》んでいる。殺気が溢《あふ》れまくっているぞ。

「ニートやろう、お嬢《じょう》に手を出さないミューか？」

「するわけないだろ。俺を誰《だれ》だと思ってるんだよ」

「夜の魔王《まおう》」

「俺に対する認識がおかしすぎる。ほら、見てみろよ。アーニャの寝顔、天使だぞ。この寝顔を見て何かしようと思うやつなんて絶対にいないぞ」

「ソーダネ。そこは共感するミュー」

ミューちゃんにアーニャを渡《わた》した。そのまま俺は部屋を出た。

「あれ？　どこに行くミュー？」

「夜風に当たりたくなった。ちょっと出てくる」

「そのまま帰って来なくていいミュ～」

口を横に広げてニマッと笑いやがった。ややつだな。

「そんな寂《さび》しいこと言うなよな」

「鍵《かぎ》は閉めとくミューね」

「開けといてくれ」

階段を下りていく。裏口から外に出てみると雨が降っていた。傘《かさ》を差してゆっくりと歩く。月も星も見えない。気分が晴れないな。

静かな夜の街にピチャピチャと足音をたてながら、俺は道をゆっくりと歩いて行った。

◇

自覚した。自覚してしまった。俺は、心のコンディション不良だった。ちょっとやそっとじゃない。もの凄くコンディション不良だ。

「お客様、もう二〇杯《ぱい》目ですよ」

「そういう気分なんだ。今日は酔《よ》わせてくれ」

俺がいるのはバーだ。大人な雰囲気《ふんいき》の落ち着いた店だな。お客さんたちは夜の静けさと酒の味をしんみりと堪能《たんのう》している。

俺はカウンター席に座ってマスターのお勧《すす》めをもう二〇杯も飲んでいる。飲めば飲むほどに自分が今どういう状況《じょうきょう》にあるのか自覚してしまった。それが、辛《つら》かった。

「マスター……、実は俺さ、今の働き口から出ることになるかもしれないんだ」

気持ちをポロッと口に出してしまった。初老のマスターは聞いているのかいないのか、出した酒瓶《さかびん》を元の位置にゆっくりと戻《もど》している。

「優秀な若手が来たんだよ。本当に優秀で。あの職場では俺にしかできなかったはずの仕事をさ、あいつは信じられないスピードでどんどんこなしていくんだ」

マスターは振《ふ》り向かない。でも俺、気持ちを吐《は》き出し始めたら止まらなくなってしまった。良い感じに酔いが回っているせいもあるだろう。

「気がつけば、俺にしかできないはずの仕事は全てあいつが片付けていたよ。俺を慕《した》ってくれていた職場の女の子たちはみんなあいつの周りに集まっている。今はまだみんな俺の相手をしてくれているけどさ。近い将来、俺のことなんて誰も見向きもしない、そんな日が来るって気がついてしまったんだ」

マスターが俺の前から離《はな》れた。他の客が呼んだんだろうか。

はあ、悲しいぜ。愚痴《ぐち》を聞いてくれる相手がいない。ていうか、俺、面倒くさい客になってないか。酔っ払《ぱら》って絡《から》んでいるだけの気がする。今の俺、かっこ悪いだろうなあ。

「お客様、こちらを」

マスターが丁寧《ていねい》に俺の前に茶封筒《ちゃぶうとう》を置いた。なんだろうか、これは。

「マスター、これは？」

「あちらのお客様からです」

なん……だと。「あちらのお客様からです」ってリアルにやる人がいたのか。創作物のなかだけだと思っていた。

俺はあちらのお客様を確認してみた。

バーのカウンター席の一番端《はし》にいる人のようだ。わーお、美人じゃないか。酔っているのか表情がやんわりとしていてかなり色っぽかった。しかも、黒タイツの脚をかっこよく組んで座っているから抜群《ばつぐん》に妖艶《ようえん》だ。

まあ、リリアーナなんだけどな。できれば名も知らない謎《なぞ》の美女が良かったな。その方がシチュエーションに酔えそうだ。

俺が気がつくと、普段《ふだん》はあまり見せないくだけた笑顔をくれた。しかも、手までかわいく振ってくれた。ちょっとキャラ崩壊《ほうかい》している感じがする。

リリアーナがぴょんぴょんするように嬉《うれ》しそうに寄ってきたぞ。席を俺の隣に変えるらしい。荷物と飲み物も移動させている。

「隣、いいですか？」

「しっかり座ってから言うのな」

「お酒、ごちそうさまです」

「うわ、マジかよ。ちゃっかりしてんな」

「うふふ、大人の夜を一緒に楽しみましょうね」

「さては人の金だと思って好き放題に飲む気だな」

「いいじゃないですか。良い女に酒を奢《おご》れるって紳士の誉《ほま》れですよ？」

「そんないい加減な理論は初めて聞いたよ」

なんかいつものリリアーナよりもかなり隙《すき》だらけな感じがする。ぽわぽわしている。あと、声がいつもより子供っぽい。酔うとこんなふうになるんだな。

「で？　この、茶封筒はなんなんだ？　あちらのお客様からですをやるのなら美味《うま》い酒でやるべきじゃないのか？」

「でも、イキでしょう？」

「イキなもんかい」

「開けてみてくださいよ」

リリアーナがわくわくしている。そんな楽しいものでも入っているのだろうか。

俺は茶封筒を開けて中身を取り出してみた。金がかかってそうなカラーの冊子だった。

「こ、これは――。公務員の採用案内……だとっ」

「はい、そうです。私、最近、採用活動のお手伝いをしているんですよ。ＯＧとして学園に行って就活生にお話をしたりしています。公務員の仕事は素晴らしいですよって」

「相変わらずよく働いてるんだな。で、なんでこれを俺に？」

「とりあえず開いてみましょうか」

リリアーナが手を伸ばして採用案内のページをめくってくれた。そこには公務員が数名、良い笑顔で掲載《けいさい》されていた。

「公務員きっての美男美女です。公務員になれば彼《かれ》らと一緒にお仕事ができますよ」

「なんでここにリリアーナが載《の》っていないんだ？」

「え、私がここに載れると思ってるんですか？」

期待の眼差《まなざ》しが来る。

「当たり前だろ。たとえばほら、この女性よりリリアーナの方が圧倒的《あっとうてき》に綺麗だろ」

「そうでしょうか。あれ？　ヴィルヘルム君、もしかして私のことを口説いてます？」

「マスター、彼女《かのじょ》に俺と同じのを」

「かしこまりました」

「ヴィルヘルム君、質問に答えてくださいよ。今の大事なところですよ？」

俺は気にせずに次のページを見た。

職場案内はいいや。公務員が働いている城には小さい頃から何回も行ってるし。ページをどんどんめくっていく。

リリアーナが俺の選んだ酒を飲んだ。美味しいですと小さく言う。

「このページは、公務員宿舎が載っているのか」

「ですね。それは貴族用の公務員宿舎です。公務員になれば無料でその部屋に暮らすことができますよ」

四LDKで一部屋一部屋がかなり広い。風呂は泳げそうな広さだ。必要な家具は予《あらかじ》め揃《そろ》っているらしい。あと、家事手伝いにメイドさんを雇《やと》うことができると書いてある。それにセキュリティ対策もバッチリだ。これなら家庭を持っている人でも安心して優雅《ゆうが》な暮らしができるだろう。

「これはちょっと贅沢《ぜいたく》すぎないか？」

「それはそうですよ。貴族用の公務員宿舎には税金をたっぷり使っていますからね。まあ、ヴィルヘルム君が暮らすのなら、貴族用のではなくて普通の宿舎を選んで世の中の厳しさを知った方が良いと思いますけど」

「リリアーナが暮らしてるのはどっちだ？　貴族用？」

「私は実家暮らしですよ。実家から普通に通えますからね。あ、もしかして私の部屋に遊びに来ようとしてました？　うふふ、いけない人ですねっ」

リリアーナが妖艶に微笑《びしょう》した。唇《くちびる》が誘《さそ》うように輝《かがや》いたような気がした。

俺はスルーしてページをめくった。待遇面《たいぐうめん》がびっしり書かれていた。

「もう、少しはノリ良くしてくださいよ。慣れないことをしてあげてるんですから」

「今夜のリリアーナのテンションをつかみかねてるんだよ。おおっ、公務員って待遇《たいぐう》が良いんだな。給料たけー。手当て関連も山盛りだ。通りで税金が高いわけだよ」

「公務員は家柄《いえがら》の立派な貴族と、学園で優秀《ゆうしゅう》な成績をあげたエリートしか就《つ》くことができない特別な職業ですからね。ヴィルヘルム君もこの待遇でお仕事ができるんですよ？　あなたの意志さえあればいつでも。どうです？」

「まあそのうちな」

「そのうちっていつですか？」

「マスター、彼女に今夜のお勧めを」

「かしこまりました」

「ヴィルヘルム君、そのうちって今ですよー。ノリ良く言いましょうよ。今でしょって」

お勧めの一杯をリリアーナが飲んだ。ほわっと瞳が輝いた気がした。美味しかったようだな。

リリアーナが肩《かた》を俺に預けてきた。酔いすぎたんだろうか。

「ヴィルヘルム君、そろそろ観念のしどきだと思いますよ？」

観念のしどきか……。社会から逃《に》げ続けてきた生活を終わりにしろってことだよな。

「あなたの傍《そば》には私がずっといますから。安心して働きに出ましょうよ。私にまた、あなたのお世話をさせてください。学園にいた頃《ころ》みたいに。あの頃、楽しかったですよね」

「マスター、さっきと同じのを彼女に」

「どれだけ私を酔わす気ですかーっ」

「でも、美味しかっただろ？」

「まあ、そこは否定しませんけど」

ほわーっとくだけた笑顔《えがお》をくれた。新鮮《しんせん》すぎる表情だな。良い酔い方をしている気がする。学生時代から考えてもこんな表情をするリリアーナは初めて見たよ。しょうがない。今夜はとことん付き合ってあげるか。


ああ、珍《めずら》しい。リリアーナがくるくる踊《おど》るようにしている。ニコニコしているし、会話をすると口を大きく開けて笑うし、いつもより間違《まちが》いなくかわいいぞ。

俺とリリアーナはバーでゆっくりと時間を過ごして、今は帰り道を歩いている。ド深夜だしリリアーナを家まで送ってあげるつもりだ。

歩いているあいだ、リリアーナは夢を語っていた。将来は俺が公務員のトップに立って、自分がその秘書的なポジションをやりたいんだそうだ。

その夢は叶《かな》う日が来るんだろうか。というか、俺が聞いても良かったんだろうか。ずっと胸の内にしまっておくはずだった夢を酔った勢いでつい言ってしまっただけじゃないだろうか。

この道をまっすぐ行けば、もうすぐリリアーナの家だ。

もし、俺の実家に行こうと思ったらここから別の道に入らないといけない。学生時代だったらここでじゃあねだっただろうな。

リリアーナが唐突《とうとつ》に俺の腕《うで》に抱きついてきた。足が変にからまったぞ。酔っ払いさんめ。

「ヴィルヘルム君ー」

「大丈夫だよ、ちゃんと家まで送っていくから。俺は紳士だしな」

「もう少しだけ、うちで飲んでいきませんかー？」

え、まだ飲みたりないのか？　あんなに飲んだのに？

いや、違《ちが》う。声が本気だった。リリアーナは自分の女の魅力《みりょく》を全部使って俺に上目《うわめ》遣《づか》いをしてくれている。

「ご家族はもう眠ってるんじゃないのか？」

「そうでしょうねー。でも、その方がいいでしょう？　私の部屋に来てくださいよ」

……。……。

リリアーナは本気で俺を誘っている気がする。

どうする。どうすればいいんだ。街で一番に紳士な俺よ。くっ、酒を飲みすぎて思考力が落ちている。

うーむ……。なんとなくだけど、これ、罠《わな》の気がするんだよなー。迂闊《うかつ》に甘い誘いにのってうっかりついていったら、その先に何か怖《こわ》いものが待っていそうな……。そういうタイプの誘いに思えるんだ。

「ヴィルヘルム君？　まさか淑女《しゅくじょ》が勇気を出して誘ってあげたのに、それを蹴《け》るなんて無粋《ぶすい》なことはしませんよね？」

やばい。逃げ道《みち》を塞《ふさ》がれたっ。先手を取られてしまった。

えーと、えーと。どうしようか。そうだなあ……。

おや、城方面から大慌《おおあわ》てで走ってくる集団がいるぞ。兵士たちだ。俺たちには興味を示さず、怖い顔をして走って行った。あれは何か事件があったな。

「ん？　んんんん？　若いバカップルがいるかと思えば、かつて私の息子《むすこ》だった者ではないか。名前はたしか、えーと、忘れた。わはははは！　まあいいか！」

実家の方から俺の父が来た。父もかなり慌《あわ》てているようだが、俺を煽《あお》るのはしっかりするのな。

「父上、俺はあなたの最愛の長男、ヴィルヘルムですよ」

「うっわー、最悪だ。いちいち名前を思い出させるなよな。ったくもう。最愛とか言われて超気持《ちょうきも》ち悪ーっ」

「思い出してくれたのならちゃんと俺の名前を呼んでくださいよ」

嫌悪《けんお》感ありありの視線を寄越《よこ》された。

「で？　私は何を見せられているのだ？　なぜ二人は密着しておる？　まさか付き合っているのか？　うわあ、リリアーナよ、それはやめておこう？　絶対に不幸になるぞ」

「ちょっと、ロバート様ー。ご長男をディスらないであげてくださいませんかー。この子は自己肯定《こうてい》感が足りていないんです。褒めて伸ばしてあげないとダメなんですよー」

「あははは、完全に酔っ払っておるな。カップルというか母子関係みたいなセリフだ」

「酔っ払ってませんーっ。私は、これから、ヴィルヘルム君をおうちに誘うふりをして、就職するための履歴書《りれきしょ》を書かせる心づもりでいるんですからねー。ハッ、しまっ――」

「あははは、口が滑《すべ》っては台無しだな！　愉快愉快《ゆかいゆかい》！　やっぱり酔っているではないか」

「～～～～～～～～～～～っ」

怖っ、リリアーナ怖っ。隙だらけのフリをしてハニートラップをしかけていたのか。

俺、女性不信になりそう。俺の中でリリアーナって女性の中でトップクラスに信頼《しんらい》できる人だったのに。まあ、良い勉強になったたっちゃなったけど。

「しかし、その酔い方では明日は二日酔《ふつかよ》い確実だな」

リリアーナがキリッとした。

「私、けっこう強いので大丈夫ですよ。急ぎの仕事ですか？」

「うむ。美術館に展示してあった国宝、魔王の遺物が全て盗難《とうなん》にあったのだ」

「ええっ。ということは、また仕事が増えるじゃないですかっ」

「その通りだ。だがまあ、他の者に対応してもらうことにしよう。今夜はゆっくり休みなさい」

「いえ、ちゃんと起きます。……ヴィルヘルム君、また一緒に飲みましょうね。素敵な夜をありがとうございました」

家まで送っていくぞと言ったが、なんか父に止められた。少しだけ話があるらしい。

父の顔はさっきまでよりもかなり真面目になっている。俺の本気度を確かめようとする顔に見えるが、何についての本気度だろうか。

「ヴィルなんとか君」

はい、と俺は答えた。真面目な空気だから背中はシャキッとしておいた。

「……ちゃんと働くなら、という条件付きでだが、シューティングスター家には私が話をつけておこう。アナスタシアのことなら何も心配はいらない。良い男をちゃんと私が見繕《みつくろ》っておくから」

「何の話ですか？」

「縁談《えんだん》だ」

「はあ？」

俺は父の目を見た。マジの目だった。だから真面目に答える。

「俺たち、別にそういう仲じゃないですよ？」

「若者の王道な返しだな。リリアーナもそう思っているのか？」

「え。……そういう話をしたことはなかったですけど」

「では、じっくり二人で話をしてみてもいいのではないか？　私はシューティングスター家ならば了承《りょうしょう》しよう。家柄の格を考えても問題のない範囲《はんい》だしな」

「先走りすぎですよ。俺もリリアーナもポカーンってなりますよ」

「貴族の縁談とはそういうものだ」

「そんな縁談いらないですよ」

「ふむ……。いちおう貴様には二つの選択肢《せんたくし》が目の前にあるわけだな。アナスタシアを選ぶのか、それともリリアーナを選ぶのか。どちらもとても美しい女性だが。さて、いったいどちらを選ぶのか」

「うわあ、俺にはもったいないくらいの贅沢な選択肢ですね……」

「ん？　よく考えてみれば確かにそうではないか！　めちゃくちゃ羨《うらや》ましい！　なんて贅沢な悩《なや》みだ！　残念なひきこもりのくせに！　むかつくからぶっとばしたい！」

「あぶなっ、あぶなっ、あぶなっ！」

シュッ、シュッ、シュッと父のジャブが飛んできた。酒を飲んだ後にこういうプレイはしんどいぜ。

「父上、俺、別にその二択《たく》で悩んでないですからねっ」

「はあ？　ちゃんと悩めよ！　一生に一回あるかないかの素晴らしい機会だぞ！　というか、さっさとリリアーナを送ってこんかーっ」

「えっ、自分で引き留めておいてっ」

ぶるーんと大振《おおぶ》りの渾身《こんしん》ストレートが来た。さすがにそこまで動きが大きいと余裕《よゆう》で避けられるぜ。

「ほら、走らんか。将来の嫁《よめ》候補だぞ」

「違うって言ってるのに。いてててててて」

父に背中をバシバシ叩《たた》かれて送り出された。

なんなんだよもう、親が勝手に妄想《もうそう》を膨らませて暴走してる。すげー面倒《めんどう》くさい。

俺は走ってリリアーナに追い付いた。リリアーナは笑顔で迎《むか》えてくれた。

「さ、ヴィルヘルム君、良い子ですから私のおうちで履歴書を書いていきましょうねー」

頭を撫《な》で撫でしてくれた。さすがに子供扱《あつか》いしすぎだ。

「直球勝負に変えたな。俺、絶対に書かないからな」

リリアーナがチッと舌打ちしたのを俺は聞き逃《のが》さなかった。

リリアーナの家の前でお休みなさいを言い合う。帰ろうと思ったら手土産にどうぞと、かなり強引《ごういん》に履歴書を手渡《てわた》されてしまったぞ。いらないのに。

〈グラン・バハムート〉の鍵は開いていた。アーニャが起きないように俺は静かに自分のベッドに潜《もぐ》り込んだ。酒をたくさん飲んだし、今夜はすぐに眠れるだろうな。

◇

「さっさと起きなさーーーい」

「いやだ。絶対に起きないっ」

「ちょっと。布団《ふとん》にしがみつかないでくださいっ」

寝込《ねこ》みにリリアーナの声が聞こえたとなれば起こされるに決まっている。だから俺は咄《とっ》嗟《さ》に布団にぎゅっとしがみついた。

「時計を見てないけど、まだ朝の気がするんだよ。つまり、人が起きる時間じゃないんだよ。だから死んでも俺は起きないぞ。絶対に。何があってもだ」

「もうとっくに人が起きる時間です！　あなたはいったい何歳《なんさい》まで甘える気ですかっ。よそのおうちでのんびりだらだらお昼に起きるとか、あるまじきことですよ。ほら、さっさと起きる」

リリアーナが布団にしがみついている俺の指を一本一本はがしにかかった。なんて残酷《ざんこく》なことをするんだ。

「ちょっ、待っ。そんなことをするんなら、もう二度と筋肉を触《さわ》らせてあげないぞ」

「は？　そこに拒否権《きょひけん》があるとでも？」

「ちょっ。なんでそんなに強気なんだ。あるに決まってるじゃないか。俺の大事な筋肉だぞっ」

「ヴィルヘルム君、よーく思い出してみてください。学生時代から数えて、私にいったい何年間お世話をしてもらい続けたと思ってるんですか？」

「……寝ぼけててちょっと計算できそうにない」

「一〇年ですよ」

「いくらなんでもそれはだいぶ水増しされている気がするっ。学生時代がそもそも一〇年もないじゃないか」

「そんな計算ができるくらい目が覚めてるんじゃないですか。さっさと起きなさい？」

「く……。だが俺は起きないぞっ」

リリアーナに布団を引っぺがされてしまった。あぁ……、なんで朝から起きないといけないんだよ。世間のみんなだって本当はだらだら昼まで眠りたいと思っているはずなのにさ。

「はい、ヴィルヘルム君、あーんしてください」

なんかよく分からないが、目を開けるよりは口の方が気楽に開けられると思った。目を開けたら起きてしまうし。……なんか口に突《つ》っ込まれたぞ。クロワッサンか。

「はい、咀嚼《そしゃく》ー」

「もぐもぐ」

「はい、ごっくん」

「ごっくん」

「はい、お水です」

コップが俺の口に当たってゆっくり水が喉《のど》に流《なが》れ込んできた。

「ごくごくごく。って、介護《かいご》かよっ。そこまでせんでええわっ」

しまった。ツッコミのために目を開けてしまった。リリアーナがしてやったりな笑顔を見せつけてきた。

「ひきこもり状態のヴィルヘルム君は要介護者認定《にんてい》ですよ。はい、目が開いたのでお着替《きが》えをしましょうねー」

「何がなんでもベッドから引っ張り出すつもりなのな」

「何がなんでも働いてもらわないといけないですからね」

マジか。まだ朝の七時じゃないか。動物だってまだ寝静《ねしず》まっている時間だろ。リリアーナは早起きすぎるぜ。

俺は後頭部をボリボリしながら聞いた。

「なんかあったのか？」

「美術館から魔王の遺物が盗《ぬす》まれたじゃないですか。昨晩のこと、覚えてます？」

「はて……」

あったような、なかったような。酒を飲みすぎてしっかり覚えてない。

「私もうろ覚えですが、そういうことがあったんですよ。それであなたのお父様の指揮で兵が盗賊《とうぞく》を追いかけて……、でも、あっさりと見失ってしまったんです」

「うわあ、父上のメンツが丸つぶれじゃないか」

「それでヴィルヘルム君を働かせるって話になったんです。ちゃんとクエストになっていますから報酬《ほうしゅう》だって出ますよ」

クエスト難易度はA。達成報酬は三〇万ゴールド。けっこうな額だな。国宝を盗まれたんだから、そりゃーそうか。高額を出してでも解決しないとってことだ。ワンダースカイ家の名誉《めいよ》挽回《ばんかい》のためにも俺《おれ》が働くのは筋が通っている。

「で、トニーはなんでニヤニヤしながらこっちを見てるんだ？」

少し離れたところでトニーがほほえましそうに俺たちを見守っている。

「いやー、やっぱり兄さんとリリアーナさんは仲が良いなーって思いまして。あ、僕《ぼく》はお邪魔《じゃま》でしたよね。下でゆっくり待ってますから、あとは年頃《としごろ》のお二人でごゆっくり」

「え、ちょっと待て。それ、完全に勘違《かんちが》いだ」

そういえばトニーはリリアーナ推《お》しだった。俺たちは別に付き合っているとかそういう仲じゃないのに。ちょっと学生時代に仲が良かったくらいで勘違いしないで欲《ほ》しい。

「しょうがない。はあーあ……、起きるかー」

ゆっくりしていたらトニーが俺とリリアーナでいけない妄想を膨らませそうだしな。

ああもう、身体が重い。起きたくない。ぜんぶ盗賊のせいだ。盗賊のせいでひきこもりの俺がこんなに朝早くから起きることになってしまったんだ。すげー恨《うら》むぜ。


朝早くに行動を開始したのは正解だったかもしれない。

昨晩、少しの時間だが雨が降っていたおかげで土がぬかるんでいた。そのおかげで盗賊たちのものと思われる馬車の通った跡《あと》が土にはっきりと残っていた。

俺たちは兵士たちが使っている軍用の馬車に乗って盗賊を追いかけた。メンバーは俺とトニーとリリアーナ、それに女性兵士が一〇名ほど。おまけに道でばったり出会ったマジシャンのステファニーが強引についてきた。俺の極限魔法《まほう》を見たいと言って聞かなかったんだ。危険だと言ったんだが、魔法が得意らしくて自分の身はちゃんと守れるからと言うから許可をした。

ステファニーは魔族《まぞく》なんだそうだ。馬車に揺《ゆ》られながら、なんの魔族だと聞いてみた。

「道化師《クラウン》よ」

「道化師の血を引いてるのに手品がヘタなのか……」

「ヘタじゃないわっ。大いなる可能性を秘《ひ》めている未完の大器っていうだけよっ」

「そっか……。いつか完成するといいな」

「失礼ねっ。すぐにするわよっ」

永遠に完成しそうにない大器だなって思った。

街道《かいどう》から逸《そ》れて森へと入っていく。獣道《けものみち》に近いような細い道を通った。少し行くと馬車の通った跡が完全に途切《とぎ》れているところがあった。あからさまに草木で道を塞がれている。これで隠《かく》しているつもりなら、あんまり頭の良い連中ではなさそうだ。

草木を切り払《はら》って前進していく。

すると、洞窟《どうくつ》があった。盗賊たちの使った馬車が入り口のすぐ隣に置かれていた。ここが盗賊たちのアジトで間違いなさそうだ。

馬車を降りてその洞窟を進んでいく。

たいして深い洞窟じゃない。五分くらい歩くと、かがり火のたかれている広い空間があった。奥には大きなテントが張られている。

「ん？　なんだてめーらは！　人様の家に土足で入ってくるとは良い度胸だな！」

談笑《だんしょう》していた一〇人くらいの盗賊たちが怖い形相で寄ってきた。

トニーがイケメンスマイルで前に出る。

「僕らはギルド〈グラン・バハムート〉、そして街の兵士さんたちです」

「ギルド戦士に兵士だとっ。何の用があって来やがった！」

「もちろん、あなた方が奪《うば》った物品を回収しに来たんですよ」

盗賊たちが警戒《けいかい》しながら俺たちを観察する。態度がどんどん大きくなっていった。

「おい、見ろよ、女子供ばっかりだぞ！」

「あれなら楽勝だな！」

「泣く子も黙《だま》る俺ら盗賊団の恐《おそ》ろしさを見せてやろうぜ！」

「坊《ぼう》やたち、家でお紅茶でも飲んでた方がよろしかったんじゃねーか？」

「おいおい、一人だけ冴《さ》えないにーちゃんがいるぞ。あれが指揮官じゃねーのか、とっとあいつを殺《や》っちまおうぜ～」

……あれ、トニーが怒《おこ》ったぞ。あんな安っぽい挑発《ちょうはつ》に乗るようなタイプだったっけ。

「ちょっとそこのお兄さん？」

「ん？　俺か？」

「僕の敬愛する兄さんを侮辱《ぶじょく》するのは万死《ばんし》に値しますよ。撤回《てっかい》と謝罪を要求します」

トニーが冷たい表情を見せた。

盗賊はバカにしたように笑った。

「あいつがお前のにーちゃん？　はっはー。ぜんぜん似てねーな。弟のお前の方がかっこいいじゃねーか。お前だって心の中では実は思ってるんだろ？　僕の方が一億倍はかっこいいってさ。えっ――」

トニーが瞬《また》く間《ま》に盗賊を斬り捨てた。一瞬《いっしゅん》で九回も斬ったぞ。えげつな。盗賊は悲鳴をあげることもできずに白目を剥《む》いて倒《たお》れてしまった。

「いやだなあ、僕が兄さんよりもかっこいいわけがないじゃないですか。誰がどう見たって兄さんは僕の二億倍くらいかっこいいじゃないですか？　ね？」

その場にいる盗賊と味方の女性たち全員が俺を注目した。そして、全員が首を傾《かし》げた。

トニーの方がかっこいいって言いたいんだろう。お前らなあ……。

「鏡、ちゃんと見た方がいいぞ？」

盗賊に諭《さと》されてるぞ、トニー。

「ていうか、俺らの味方が斬り刻まれたじゃねーかっ。こいつめちゃやべーぞ！」

「イケメンで強いってずるすぎるだろ。ちくしょう、全員でかかろうぜ！　いくぞ！」

「「「「うおおおおおおおおおおおおおおおおおおおおっ！」」」」

盗賊が一斉《いっせい》に襲《おそ》ってきた。トニーがやれやれと言いたげな表情で溜め息《いき》をついた。

「兄さんを侮辱したこと決して許しませんよ。一切《いっさい》の容赦《ようしゃ》をしませんからね」

瞬く間だった。俺が加勢なんて考えるヒマもなくトニーは全ての盗賊を斬っていた。ちょっと前までは剣《けん》を振るのもやっとなお子様だったのに。陰《かげ》で努力を重ね続けたんだな。トニーは俺の想像をはるかに超《こ》えて強くなっていた。

お、テントから大柄《おおがら》な男が現われたぞ。

本当に大柄だ。成人男性三人分くらいの重量があるんじゃないだろうか。髭《ひげ》がもじゃもじゃで、いかにも無骨な戦士って感じだ。

「なんだこれは！　お前たちが俺様の部下をやったのか！」

あいつが盗賊のボスか。禍々《まがまが》しい剣を持っている。刀身が血のように赤い。あれは、魔王の魔剣《まけん》カタストロフィだったな。

トニーが盗賊のボスに剣を向けた。

「さあ、次はあなたの番ですよ。魔王の遺物を全て回収させてもらいます！」

盗賊のボスが悔《くや》しそうに歯がみした。

「殺す殺す殺す殺す殺す殺す殺す殺す殺す殺す殺す殺す殺す殺す殺すーっ！」

なんだ。盗賊のボスの様子がおかしい。目が血走っている。それに人間のものとは思えない禍々しい気配を発している。いや、魔剣が禍々しいのか。

魔剣が漆黒《しっこく》のオーラを放つ。盗賊のボスの魔力《まりょく》を吸って自らの力に変えているようだ。

「殺す殺す殺す殺す殺す殺す殺す貴様らを殺す大公を殺す邪魔するやつらを全部殺すっ。俺様が最強だ。いくぞっ、俺様の大願成就《たいがんじょうじゅ》のため、貴様らに死を与《あた》えてやる！」

盗賊のボスが魔剣を大きく振った。

すると、何かの魔法が——、あれは召喚魔法《しょうかんまほう》が発動したようだ。魔法陣《まほうじん》がいくつも浮《う》かび上がり、そこから魔獣《まじゅう》が飛び出してきた。

黒い毛並みの狼《おおかみ》の魔獣だ。それが六匹《ぴき》。かなり強そうだ。牙《きば》を剥いて俺たちを威嚇《いかく》してくる。

あの魔剣、振るだけで召喚魔法が発動するのか。やばいなんてものじゃないな。

「かかれーーー！　うはははははっ！　こいつはいいっ！　最強の魔剣じゃないか！」

「兄さん、後ろをお願いします！」

「ああ、任せとけ！」

トニーが狼の魔獣に斬りかかる。トニーの横をすり抜《ぬ》けた狼を俺が倒していく。

「のんきにやってるヒマはねーぜ！　どんどんいくぞおおおおおおっ！　貴様らに終わりのない苦しみを与えてやるっ！　死ね死ね死ね死ねーーーい！」

盗賊のボスが魔剣を何回も振《ふ》りまくる。そのたびに魔獣が召喚《しょうかん》されている。

狼だけじゃない、鷹《たか》とか骸骨《がいこつ》とか、カエルとか、様々な魔獣が何十匹も召還《しょうかん》されてしまった。魔獣のランクはCくらいだろうけど、数が多いのはやっかいなんてものじゃないな。

「リリアーナ、ステファニー、一番後ろにいろよ！」

「気遣《きづか》いは不要よ！　私は一緒《いっしょ》に戦うから！　見てて、これが私のミラクル！　道化師の魔法《トランプカッター》！」

　おおっ、ステファニーが珍しい魔法を使ったぞ。

　大きなトランプが飛んで刃物《はもの》のように魔獣を真っ二つにした。かなり強力な魔法だな。道化師の魔族特有の魔法だろうか。志願して危険な仕事についてきただけのことはある。

「やるじゃないか、ステファニー。手品よりも戦う方が向いてるんじゃないか？」

「手品は天才！　戦いは凡才《ぼんさい》よ！」

「その認識《にんしき》おかしいっ。逆だろ、逆っ」

「さあ、次は魔王《まおう》様の活躍《かつやく》する番よ。極限魔法を見せてっ！」

「こんな狭《せま》い洞窟で使えるかっ」

「そこをなんとか」

「天井《てんじょう》が崩《くず》れて全滅《ぜんめつ》するわっ」

　トニーを見てみる。湧《わ》き出てくる魔獣を信じられない速度で斬り刻んでいく。素晴《すば》らしい動きだ。ずっと見ていたいし、弟が頑張《がんば》っているのを邪魔したくはない。だけど、どう見ても魔獣が湧き出る速度の方が上だな。

「殺す殺す殺す殺す――。あいつが悪い。ぜんぶあいつが悪いんだ。大公が悪いから俺たち一般人《いっぱんじん》が飢《う》えに苦しむんだ。殺す殺す殺す殺す――」

「なんの話だよ。俺たちもしかしてとばっちりじゃないか？」

「あれ？　あの人、もしかして私と同郷かも？」

「ステファニー、考えるのはあとだあと！」

ステファニーの横から魔獣が七匹も後方へ行ってしまった。女性兵士が二人も負傷してしまったぞ。これはマズイな。長期戦になれば不利になるだろう。

「トニー、脇《わき》に避けろ！　俺が大技《おおわざ》で一気に片付ける！」

「すみません、兄さん。僕の力不足です……」

「気にすんな。じゅうぶんすぎるくらいに戦ったぜ！」

「魔王様、まさか魔王の極限魔法？」

「違うっ。これは勇者の神剣技《かみけんぎ》《爆焔龍牙斬《ばくえんりゅうがざん》》だーっ！」

「わあっ。凄《すご》いわ！　剣から炎《ほのお》の龍《りゅう》が飛び出たんだけど！」

そう、《爆焔龍牙斬》は魔法で擬似的《ぎじてき》に炎の龍を作り出すんだ。超強《ちょうつよ》い剣技だな。

炎の龍が大きく口を開けて牙を剥いて飛んでいった。俺の意のままに動いて次々に魔獣な剣技だ。


を焼き尽《つ》くしていく。

ちなみにこの剣技、俺が学園にいた頃に勇者研究同好会の会長が知っていた技だ。会長自身は使えなかったんだが、どういう技かは知っていたから知識を教えてもらった。それを俺が再現してみたら簡単にできたわけだな。見た目がかっこいいから俺も会長も大好きな剣技だ。

「いっけーーーーーーーーーーーー！」

炎の龍が何十匹もいた魔獣を全て焼き尽くしたぞ。残りは盗賊のボスだけだ。

「くらえーーーーーーーーーーーーーーーーーっ！」

勢いそのままに炎の龍が盗賊のボスの全身を飲《の》み込《こ》んだ。

「うおおおおおおっ。熱い熱い熱いーーーっ。あああああ、爆発《ばくはつ》するのかーーーーっ」

「そう、全てを焼き尽くし、最後は爆発するえぐい剣技だ！」

派手な爆発を受けて、盗賊のボスが洞窟の壁《かべ》に強く打ちつけられた。

盗賊のボスが白目を剥いてベロを出して口をバカみたいに開けた状態で気を失った。魔剣カタストロフィは地面に落ちて高い金属音を響《ひび》かせていた。

俺はかなりかっこつけて剣を鞘《さや》にしまった。

「ふっ、なかなかの強敵だったが、俺の相手ではなかったみたいだな」

「さすが兄さんです！　本当に心から尊敬してますよ！　世界一かっこいいです！」

「だろう？　トニーは分かってるな。世界一良い弟だぜ」

キメ顔をトニーに見せつけた。トニーは嬉《うれ》しそうだ。鼻が高いぜ。

「あ、あの兄さん」

急にトニーがもじもじとした。何か言いづらいことでもある感じだな。

「僕が五歳《さい》の頃の約束って覚えてますか――」

五歳……？　はて……？　聞こうと思ったが、邪魔が入ってしまった。

魔剣カタストロフィから白い発光体が俺に向かって元気に飛んでくる。

「魔王ヴィルヘルム様ーーーーっ」

妖精《ようせい》が発光しながらかわいく飛んできた。あれって魔剣カタストロフィの自我《じが》が妖精の姿になったんだっけ。妖精の姿のときはフィーネって名前だったな。

「私の活躍ぶりはいかがでしたでしょうか？　魔王様にご満足頂ける性能をお見せできたと思うのですがっ」

「ああ、そうだな。物騒《ぶっそう》なやばい魔剣だってことがよーく分かったな」

「そうでしょう。えっへん。では、魔王様に私を回収して頂きたいですっ。そしてこれからは私と一緒にたくさんの人々を楽しく皆殺《みなごろ》しにしていきましょうねっ！」

フィーネが嬉しそうに両手をあげた。

「いや、物騒だからこのまま封印《ふういん》でもしようかなって」

「ちょっ、えええええええええええええっ」

「今の平和な時代にはちょっと合わない魔剣だからさ」

「ちょっと待ってください。ほらほら、私って国宝ですから。封印なんてしたら国が怒りますよ」

「そうですよ、ヴィルヘルム君。なんで魔剣から出てきた妖精と仲良しになっているのかは分からないですが、この魔剣は国が回収します。封印はダメですからね」

リリアーナに怒られてしまった。

魔剣は女性兵士が回収した。フィーネは「諦《あきら》めませんからねーっ」と捨て台詞《ぜりふ》を言いながら魔剣に戻《もど》って行った。

その後、俺たちは負傷者の手当てをして、盗品《とうひん》を全て回収した。

あと、大量の食料が洞窟内《どうくつない》に保管されているのを発見した。つまり、こいつらが狩り場《かば》の資源を荒《あ》らしていた盗賊だったんだな。

時事ネタに詳《くわ》しいリリアーナは、この大量の食料は全て隣国《りんごく》のシーガル公国に密輸されるところだったんだと推察した。今、隣国でとんでもない食糧《しょくりょう》危機が起きているんだぞうだ。だからここのところ食料調達系のクエストが多かったらしい。俺たちの国が食料を援助《えんじょ》する方針になったからクエストになっていたんだそうだ。色々と繋《つな》がったな。

ステファニーも思うところがあるらしい。その推察で合ってると思うと言っていた。少し悲しい顔をしながらな。

あー、今日は朝からよく働いたな。明日は絶対にひきこもろうっと。

第5章 ★★★ ひきこもりは知らないところで話題になる

ギルド〈グラン・バハムート〉の面々が今日はみんなだらだらしている。急ぎのクエストはひとまず終わったしゆっくりするんだそうだ。

俺はのんびりと新聞を読んだ。

シーガル公国との友好一〇〇周年を記念した式典がもうすぐなんだな。そういえば、トニーがワンダースカイ家の代表として大公に挨拶《あいさつ》しないといけないとか言っていたっけ。

トニーが心配だし、俺も式典会場には行こうと思っている。

ちなみに、この式典は一般人ＯＫだからアーニャたちも参加すると思う。

新聞によると街全体で盛り上げる大イベントになるんだそうだ。美味《おい》しい料理がたくさん提供されるし出店もあるから、お祭り騒《さわ》ぎになるだろうと記事にある。

俺が新聞のページをめくったタイミングで、トニーが教科書をテーブルに置いていた。

トニーは期末テストが一教科だけあるらしい。真剣《しんけん》な顔をして教科書を読んでいたが、その勉強は終わったようだな。

「ねえ、兄さん」

家族らしく気楽に「んー？」と返した。

「僕と剣で本気の勝負をして欲しいです」

「……へ？　期末テストの勉強をしてたんじゃないのか？」

真面目な顔をして教科書を読んでいたのに、ぜんぜん集中していなかったんだろうか。

「テストはきっと一〇〇点を取れると思います。ですから勉強はもう必要ないです」

「さすがだな」

「でも、僕は剣では一〇〇点を取れません」

「剣術《けんじゅつ》の授業なら一〇〇点どころか一〇〇〇点くらい取れると思うぞ」

「学園の授業ではなくて、兄さんから一〇〇点をもらいたいんですよ。僕はこのあいだ、盗賊を倒しきれませんでした。でも、兄さんは剣をたった一回振《ふ》るだけで倒しました。その差は大きいと思ったんです」

「トニーだって本当は余裕で勝てただろ？　魔獣なんて必要なだけ倒してボスに近づいて、いっきにボスを斬ってしまえば良かったんだし。あのときは後ろにリリアーナとかいたからな。守るためには大量に湧き出てくる魔獣の相手をせざるをえなかった」

「そうなんですけど……。なんと言いますか、僕は兄さんに認めてもらえる強さが欲しいんです」

「俺はもう認めてるけどな」

「……たとえば、そうですね、ライバル。兄さんが剣でライバルとして認めるとしたら、どのくらいの実力が必要ですか？　僕が目指しているのはそのレベルなんです」

目が真剣だ。答えが欲しいと視線で強く訴《うった》えかけてくる。

トニーがこんなに真剣なのに適当に答えるわけにはいかないな。何を熱心になっているのかは知らないが、ここは真面目に答えようと思う。

「剣のライバルか。そうだな。俺に剣で傷をつけられるくらいの実力があればってところかな。戦ってるときの俺って、身体能力強化と防御魔法《ぼうぎょまほう》を同時に発動してるんだよ。だから普通《ふつう》は剣で斬られても傷一つつかないんだよな。そこを超《こ》えて、もしも俺に傷をつけることができたなら、まあライバルとして認めてあげようかって思えるかな」

まあ、そんな相手と実際に会うことはまずないんだけどな。そんな相手がもしいるとしたら、きっと伝説級の存在になっているだろうし。

「この答えで満足か？」

トニーが嬉しそうにしている。よく分からないところで喜ぶのな。

「大満足ですっ。僕が目指すところが見えましたよ。はてしなく遠い気がしますけど、僕、いつか絶対に兄さんを傷つけますねっ！」

え、やだ。笑顔《えがお》で言うのがちょっと怖《こわ》い。

「よーし、絶対に兄さんを傷ものにするぞー」

俺、トニーに何か狙《ねら》われているのか？　夜道とか警戒した方がいいんだろうか。弟がよく分からない。めちゃくちゃ怖い。

おや、ギルドにお客様が来たようだ。

ミューちゃんが応対している声が聞こえてくる。でも、どうも会話が成立していないようだな。つまり、心の綺麗《きれい》なお客様みたいだ。

そのお客様が俺たちのいる部屋まで入ってきた。ああ、クララだったのか。

「おーっほっほっほっほ。ごきげんよう、〈グラン・バハムート〉のみなさん。さっぱりするオレンジムースを作ってきましたので、ぜひ一緒に食べま――ゲゲッ」

クララと同時に俺もびっくりした。

アーニャが嬉しそうに大ジャンプしたんだ。凄い高さだ。テーブルをぴょーんと越えて天井くらいまでジャンプしている。そして、幸せそうにクララへとダイブした。

「クララちゃん、いらっしゃーーーい。わざわざ来てくれてありがとうっ！」

勢いそのままにアーニャがクララをぎゅーっとした。

「ハグは禁止っ。ハグは禁止ですわよーーーっ。馴《な》れ合いに来たのではありませんわっ。ちょっとだけお茶をしに来ただけなんですのっ」

クララよ、世間ではそれを馴れ合いに来たと言うんだぜ。

「ヴィルヘルム様、ヴィルヘルム様ーっ。アナスタシアをひっぺがしてくださいませっ」

「いやー、それは難しいな。俺、二人がいちゃついてると幸せな気持ちになれるんだ」

「まったく意味が分かりませんわっ。いちゃついてなどいません。幸せについて再考することを強くお勧《すす》めいたしますわっ」

クララが顔を真っ赤にして照れた。頑張ってどうにかテーブルにたどり着いたな。バスケットをテーブルに置く。そこにオレンジムースが入っているんだろう。

ふと、クララがトニーに気がついた。トニーがにっこり爽《さわ》やかスマイルになる。クララがボンッと耳まで真っ赤になってしまった。

「ぎゃーーーーーーっ、理想の王子様がいますわーーーーーっ。誰《だれ》、誰なんですの。やだ、どうしましょう。アナスタシア、今日の私はかわいいですか?」

「うん、世界一かわいいよっ」

クララが恥《は》ずかしそうにトニーと目を合わせた。照れ顔がかわいすぎるぜ。

「こんにちは。僕はトニーっていうんだ。きみはクララちゃんっていうの? とってもかわいいねっ」

「きゃーーーーーっ、挨拶してもらえましたわ。どうしましょう、どうしましょうアナスタシア、ここから交際に発展したりしましたら。ハッピーエンドが待っていそうですわーっ」

「わあーっ、私はヴィル様をお婿《むこ》様にもらう予定だし、そうしたらクララちゃんとは親戚《しんせき》関係になれるんだねっ」

それは楽しい未来図だな。クララなら貴族の家に嫁《とつ》いでも普通にやっていけそうだ。普《ふ》段《だん》から貴族よりも貴族っぽいし。

「え、つまりトニー様ってヴィルヘルム様のご兄弟なんですの？」

「うん。僕は弟だね」

「そ、そんなっ、ご兄弟なのにこんなに違《ちが》うだなんてっ」

うぐっ。心に九九九のダメージを受けた。重傷だ。

「あはは、僕らは似てない兄弟だねってよく言われるね」

「ですわよね。だって、トニー様はこんなにかっこいいのに、ヴィルヘルム様は全身を見回してもときめきがカケラもありませんから。こんなことって……。こんなことって……。うわあ、世の中って残酷ですわね」

ぐふう……。致死《ちし》ダメージだ。ク、クララよ、良い攻撃《こうげき》をするじゃないか。俺がすぐ隣《となり》にいることにすら気がついてないだろ。俺、こういう扱いには慣れているとはいえ心がかなり痛いぜぇー。

あ、ソフィアさんが意地悪な顔になったぞ。クララをからかう気だな。

「クララちゃんって意外と面食いだったんだねー」

「そ、そんなことはありませんわ」

「じゃあ、トニー君のどこがいいの？」

「淑女《しゅくじょ》ですから、黙秘《もくひ》いたしますわ」

「でも、顔が真っ赤だよ？」

「気のせいですわっ」

クララが両手でほっぺを押《お》さえた。「熱っ」と言っていた。恥ずかしかったのかきょろきょろする。そのきょろきょろした先で俺を見つけた。

クララがホッとしたようだ。顔色がスーッと通常色に戻っていく。あっという間にいつものクララになったぞ。

「ソフィアさん、ちゃんといつもの私ですわよね？　顔が真っ赤になど――」

「ちょっとトニー君を見てみて」

トニーを見た。トニーが優《やさ》しい王子様スマイルをプレゼントした。クララがみるみる真っ赤になっていく。

「ぎゃーーーーーっ、もう私のことを好きにしてくださいませっ。って、何を言わせるんですの。まったくもうっ。〈グラン・バハムート〉は私を困らせる人ばかりですかっ」

クララが俺を見た。スーッとクララが通常色に戻っていく。

「あはは、やっぱりクララちゃんは面食いだねっ」

「違いますわっ」

「ソ、ソフィアさんっ、流れ弾《だま》になって俺にもきいてますっ」

ソフィアさんだってトニーを最初に見たときにはときめいていたじゃないか。クララをからかえる立場じゃないと思うんだ。

「大丈夫《だいじょうぶ》大丈夫、ヴィル君だってすっごくかっこいいから。私からしたら王子様みたいな人だよ。……まあ、私ってちょっと人と感覚がずれてるかもしれないけどねっ」

「最後に余計な一言はいらないですっ。喜んだ分だけ精神的ダメージが甚大《じんだい》ですっ」

まあ、ひきこもりをかっこいいって堂々と言ってくれる人なんていないのは分かってたけどさ。ただちょっとだけ、心の中で涙《なみだ》を流したっていいよな。ああ、かわいい女の子にかっこいいって言われたい人生だったぜ……。

クララの作ってきてくれたオレンジムースは季節にぴったりだった。身体も心もすっきりする美味しさだ。

みんなで大絶賛してゆっくりお茶を飲む。

少しおしゃべりをした後、トニーは学園でテストがあると言って出て行った。

トニーがいなくなったことでクララから面白《おもしろ》いくらいに気が抜けたぞ。思い切り脱力《だつりょく》してテーブルに突っ伏《ぷ》している。表情がとろけるようにゆるんでいてかわいい。

「ああ……、一生分興奮しましたわ……」

アーニャがクララのほっぺをつんつんしている。クララは脱力しきっていてされるがままだ。

「そうだ。アナスタシア、あなた次の金曜日はおヒマですの？」

「クララちゃんのお誘《さそ》いなら私はいつだってヒマになるよ？」

「でしたら、私と一緒に着付けに行こうよと、この私を誘ってくださってもよろしいんですよ？」

「うん、いいよー。一緒に行こうねっ」

「いえ、あの、お誘いくださってもよろしいんですよ？」

アーニャがニコッとした。クララがイラッとする。クララは自分から誘うのはプライドが許さないんだろうな。

「クララちゃんからのデートのお誘い。嬉しいな～っ」

「でーすーかーらーっ、アナスタシアからお誘いくださいませ。はい、どうぞ」

アーニャがお茶を淹《い》れ直そうかなっと言って席を立った。ティーポットを持ってとことこ歩いて行く。クララがああもうと不満そうだ。

「なあ、クララ。着付けって何の話だ？　結婚《けっこん》でもするのか？」

「違いますわ。シーガル公国の大公様がいらっしゃるときに私とアナスタシアでお花を渡《わた》すことになったんです。そのときに着るドレスの話ですわ」

「え、それってすげー大役じゃないか。抽選《ちゅうせん》でもあったのか？」

「いえ、国王様直々のご推薦《すいせん》ですわ。国王様はスプリングフェスティバルの決勝戦をご覧になったときに、私たちのことをとても気に入ってくださったそうです」

「ギルド対抗戦《たいこうせん》か。あのとき二人ともかわいかったもんな。国王が気に入るのも分かるよ」

友好式典で二人のドレス姿を見られるんだと思うと楽しみになってきた。ますます参加意欲が上がってくるぜ。

しばらくクララと話していたら、アーニャがお茶を淹れて戻ってきた。みんなに笑顔でお茶を淹れてくれる。

「ここでクイズですわ」

クララって本当にクイズが好きだよな。あんまりひねりがないのが残念だけども。

「私が今はまっているものはなんでしょうか？」

知らんがな。

「はい、ヴィルヘルム様」

「俺からかー。えー、そうだな。夏物の服を買い揃《そろ》えるとか」

「ぶっぶーですわ。次は、はい、ソフィアさん」

「うーん、ぬいぐるみ集めとか？」

「それは常々やっていますわ」

クララがミューちゃんを見た。言葉が分からなくても聞こうとするその姿勢、良いと思うぜ。俺が通訳してあげた。

「ミューちゃんはポエムを書いてるんじゃないかって言ってるぞ」

「べ、別にそんな趣味《しゅみ》はありませんわっ」

アーニャが嬉しそうに反応したぞ。

「わあ、クララちゃんってポエムを書いてるんだ。私にも見せて欲しいなっ」

「ぜんっぜん書いていませんってば」

クララがぷいっとする。書いてるんだな。分かりやすい。

「それよりクイズですわよ。アナスタシア、あなたに分かりまして？」

アーニャは何やら自信ありげだ。

「ふふふ、つまりこういうことじゃない？」

アーニャが左手の指をパチンとかわいく鳴らした。鳴らすの上手《うま》いな。って、ええええ。

アーニャの頭にかわいらしい白い花が咲《さ》いたぞ。

クララの瞳《ひとみ》が輝《かがや》いた。アーニャに感心している。

「アナスタシア、あなたもだったのですわね。大正解ですわ！」

クララが指をパチンと鳴らした。クララも鳴らすの上手いな。って、ええええ。クララの頭にもアーニャと同じように花が咲いた。かわいらしい赤い花だった。

アーニャとクララ、二人でお互《たが》いの花を見てニコニコする。通じ合うものがあったようだな。

「クララちゃんもステファニーさんの手品が大好きなんだねっ」

「ええ、私、とても感銘《かんめい》を受けました」

「なあ、二人とも、ステファニーの手品ってヘタじゃなかったか？」

「『ヘタじゃありません。かわいいんですっ』」

見事にハモったな。

ステファニーの手品は女の子にウケがいいんだろうか。まあ、ステファニー本人がかわいいもんな。あれだけかわいい女の子が手品に失敗したら愛嬌《あいきょう》になるのかも。

その後、アーニャとクララはお互いの手品の技をたくさん見せ合った。二人ともかなりの腕前《うでまえ》で、既《すで》にステファニーを大幅《おおはば》に超える技量を持っているのは間違《まちが》いなかった。

手品が一息ついたあとは、勇者の神剣技のレッスンをしてあげた。教えたのは一つの技だけだが、みんな熱心でどんどん上達していった。

◇

ふらりと本屋に寄った。ひきこもるときに読む小説や雑誌を買いに来たはずだったんだが、俺《おれ》の足は迷うことなく就職関連本のコーナーへと向いていた。

棚《たな》には面接マニュアルやら公務員試験対策本やらがたくさん並べられている。俺と年の近い人たちが何人か立ち読みをしていた。みんな真剣に将来を検討している顔だ。俺も本当はこうあるべきなんだろう。

適当に本を選んでパラパラとページを読み進めていく。

色々な職業を紹介《しょうかい》した本だった。世の中って思ったよりもたくさん仕事があるんだな。このどれかに俺が就《つ》いているイメージは……、正直あんまり湧かない。ていうか、なんで就職が既定《きてい》路線みたいになってるんだ。リリアーナに上手く乗せられたもんだな。

リリアーナは俺を公務員にして国のため人々のために働かせようとしている。そして、いずれは俺が父のように政治や軍の中心人物になっていくのを望んでいる。はてしない夢だよな。ひきこもりからそんな高みに行くのにどれほどのハードルがあるのやら。

けっきょく、小説の新刊をいくつか買っただけで本屋から出てきた。

これからどうするかなと考えていたら横から声をかけてくる女の子がいた。

「あー、魔王様だーっ」

ステファニーだった。ツインテールが嬉しそうにぴょんこぴょんこ躍《おど》っている。

「こらこら、ちゃんと名前で呼んでくれよな。イケメンのヴィルヘルム君ってさ」

「え？　どう見てもイケメンではないような？」

「ぐふうっ。出会《であ》い頭《がしら》に良いボディーブローが入ったぜ……」

最近、褒《ほ》められることよりも否定されることの方が多い気がする。気のせいだろうか。

「魔王様、ここに飴《あめ》ちゃんがあるんだけどね」

　確かに飴ちゃんがある。ステファニーの右手の平の上だ。

「くれるのか？」

「ここに左手をかぶせて、私がミラクルをかけるとまさかまさかで飴ちゃんが鳩《はと》に変わってしまうのよっ」

「えっ、そのままでいいのに。飴ちゃんのままの方が美味しくないか？」

「手品に美味しさは関係ないわっ。ワン、ツー、スリー、はいっ、鳩が飛び出すわよっ」

　スルーされてしまった。

　ステファニーが左手をどけて右手の平を見せる。

　そこには、なんと飴ちゃんが一個だけあったぞ。

「これ、鳩なのか？」

「くっ……くっ……、こんなはずじゃっ」

　ステファニーの顔が恥ずかしさでいっぱいになっていく。恥ずかしすぎてちょっと涙目《なみだめ》になってるぞ。かわいい。

「は、鳩かと思ったらあえて飴ちゃんのままでした。これが、かわいいステファニーちゃんのミラクルパワーよっ」

「絶対に今のキメ台詞《ぜりふ》を言うところじゃなかったよな」

「言うところだったのよっ。はいっ、飴ちゃんをどうぞっ」

失敗のお詫《わ》びか何かだろうか。鮐ちゃんを受け取った。これ、美味しいから大好きだ。

鳩はどこに行ったんだろうな。どっかで美味しいものでも食べてるんだろうか。鳩だってステファニーの上手じゃない手品に付き合うのはイヤだったのかもなあ。

「魔王様、今日はどこかにおでかけ？」

「いや、もう用は終わったんだ。今はぶらぶらしてるだけだな」

「じゃあ、私も一緒にぶらぶらする」

ステファニーがついてきた。本当にぶらぶらしてるだけなんだが……。このまま帰る空気じゃなくなってしまったな。二人で過ごせそうな店でも探すか。

賑《にぎ》やかな通りを歩いて行く。この通りならいろんな店が集まっている。ステファニーが興味を引く店がきっとあるだろう。

若い女性向けの服屋の前をいくつか通る。ステファニーは興味を示さなかった。ファンシーショップの前を通ったけど興味はなかったようだ。おもちゃ屋にも反応なし。お、飲食店の前を通ると、どの店でも食べたそうにしている。

「なあ、ステファニー。昼ご飯ってもう食べたか？」

「うん。食べたわ」

なんだ。食べたそうにしてるから、お腹《なか》でも減ってるのかと思った。違ったようだ。手品で稼《かせ》げているようには思えないけど、本当にお腹は減ってないんだろうか。

「ステファニーって、ご飯は毎日ちゃんと食べてるのか？」

「当たり前じゃない？」

「マジか。手品ってそんなに稼げるのか？」

「あ、そういう話ね。お金なら余裕《よゆう》があるから大丈夫《だいじょうぶ》よ。家を出るときにたくさん持ってきたから」

「家って、外国なんだっけか」

「そうよ、海を渡った先にある島国ね。シーガル公国」

「遠いなあ。ご両親はよく娘《むすめ》さんを一人でこんな遠くまで送り出せたもんだ」

「送り出せたっていうか家出――、ふあー、あれすっごく美味しそう」

ステファニーが何かに興味を持ったようだ。視線を追ってみると若い女性が何人か並んでいた。クレープ屋だな。良い香りが漂《ただよ》ってきている。

女性客がクレープを受け取って歩き出した。フルーツやクリームがたっぷりで美味しそうだった。

「俺たちも食べようぜ。奢《おご》るよ」

「本当？　魔王様ってやっぱりイケメンかも」

「だろ？　分かってるじゃないか」

キザな顔を作る。ステファニーがときめいた様子はない。これがトニーだったらステファニーはきっとときめいたんだろうな。兄弟でどうしてここまで差がついてしまった。

クレープを二つ買って近くの公園のベンチに座《すわ》った。

子供たちがボール遊びをしている。距離《きょり》があるからボールが飛んでくることはまずないだろう。

「わあーっ、すっごく美味しいわ。この国は美味しいものがいっぱいで大好きよ」

「そりゃ良かった」

ステファニーはバナナとチョコのクレープを食べている。俺は焼きリンゴがたっぷりのクレープ。俺のもすげー美味しいぞ。

ステファニーが足をパタパタさせたり手をほっぺに当てたりして喜んでいる。ツインテールが嬉しそうに跳《は》ねているな。

「本当に美味しいわ。魔王様ありがとう。信仰《しんこう》しちゃうわ」

「信仰はやめてくれ」

しかし、本当に幸せそうに食べている。クレープ一つでこんなに喜んでもらえるとは。奢ってあげた俺も嬉しくなるってもんだな。

しばらく黙々《もくもく》と味わって食べた。俺の方が先に食べ終わって、ステファニーは名残《なごお》り惜しそうに最後の一口を食べていた。

食べ終わるとステファニーは空を見上げた。夏らしい雲がゆっくり流れている。これからもっともっと暑くなっていきそうだな。

「魔王様、私ね、小さい頃《ころ》は食べるものが何もなくて困ってたんだー」

唐突《とうとつ》に語り出したな。

「私の故郷のシーガル公国ってね、天候があんまり安定しないし、畑を耕すのに適さない土地ばっかりだから、一〇年に一回くらいは食料が足りなくなっちゃうの。そうなるといっつも食料を奪《うば》い合って血で血を洗うような酷《ひど》い内戦が始まっちゃうのよね」

「学園の授業で習ったな。一〇年前の内戦はかなり大規模だったらしいな」

「うん。私、お母さんもお父さんもそのときに死んじゃったのよね」

ステファニーは一五歳くらいだろう。一〇年前っていうとまだ五歳くらい。そんな年齢《ねんれい》で内戦状態の国を生き抜《ぬ》くのは大変どころじゃなかっただろうな。

「いろんな人に預けられてね。いろんな理由で住む場所を転々として……。私って魔族《まぞく》だったから、どこに行っても扱《あつか》いは悪かったんだー」

この街だと魔族は普通に一緒《いっしょ》に暮らしている。だから理解しづらい話なんだが、外国では魔族は嫌《きら》われ者であることが多い。それによる問題も多々発生している。そういう話も授業で習った。

「そんな大変だった頃にね、私の救いになっていたのが」

「手品ってことか」

「違うわよ。魔王様《まおう》が救いになっていたに決まってるでしょ」

「違うのかよ。魔王は一〇〇年以上前に死んでるだろ。救いになるもんなのか？」

ステファニーが手をパンッとやってから両手の平を広げた。その上には……何も乗っていなかった。でも、ステファニーの帽子《ぼうし》と頭の間に何かが乗っかったぞ。

「また失敗したんだな……」

「ううう……」

ステファニーが恥ずかしそうにしながら本を俺に見せてくれた。かなりしっかりした作りのハードカバーの本だ。カバーの色は真っ黒で、タイトルには「教典」とある。

「これは……？」

「魔王様のお考えをまとめたありがたい教典よ」

「マジか。見る人が見たら没収《ぼっしゅう》されてしまいそうな本だな」

「私、この教典を読んで魔王様のお考えを知ることができて、本当に救われたのよ。苦しくても泣きたくても生きてこられたのはこの本の魔王様の教えがあったからこそ。本当に感謝しているわ」

ステファニーが大きな胸に教典を当てて優しく抱《だ》きしめた。いかにその教典がステファニーの救いになってきたのかがよく伝わってくる。

「だからね、ヴィルヘルム様には次の救いになって欲《ほ》しいの」

「はあ？」

大きな声で聞き返してしまった。

「今、シーガル公国では歴史上でも類を見ないほどの酷い食糧危機が起きているわ。きっとまた内戦が起きてしまう……。そうしたら、また私みたいな子がたくさん増えるでしょうね。もしも魔族の子がいたらどんな目に遭ってしまうか……想像したくもないわ」

ステファニーの表情が暗い。子供時代に味わった辛《つら》さを思い出しているのか、それともこれから怒《おこ》る悲劇を憂《うれ》いているのか。

「だからこそ救いが必要なの。そして、私の隣には都合の良いことに新しい魔王様がいらっしゃるわ」

「いらっしゃらないぞ」

「いらっしゃるの」

「いらっしゃらないってば。つーか、魔王って俺とは全然違うタイプの人じゃないか？」

「ぜんぜんそんなことないわよ」

「そんなことあるはずだぞ。その教典を読ませてもらってもいいか？」

ステファニーが構わないわと俺に教典を渡してくれた。手に持っただけでステファニーが大事にしている感情みたいなものが伝わってきた。汚《よご》したりしないように丁寧《ていねい》にページをめくっていく。

前書きはいいや。魔王の教えが書かれているページまで進んだ。

早速《さっそく》、読んでみる。えーと、なになに——。

『魔王の教え　その1。みんな、辛いことがあったらひきこもろうぜ！　悪いのは世の中さ。きみはなんにも悪くないぞ。さあ、遠慮《えんりょ》なくひきこもって周りにお世話をさせてしまうんだ！』

俺は目をくわっと見開いた。

こ、この教えは……っ。こんな教えがこの世にあってもいいのかっ。俺、すげー肯定《こうてい》してもらえた気がする。最高じゃないかっ。

「な、なあ、ステファニー。この教えって素晴《すば》らしくないか？」

興奮しながら言ってみた。ステファニーがでしょでしょと喜んだ。

次の教えを読んでみる。期待しかないぞ。

『魔王の教え　その2。授業？　出なくていいよ。学校？　サボれサボれ。仕事？　なにそれ美味しいの？　そんなことよりさ、みんなでニートになっちゃえYO！』

「やべえ、共感がすげーんだけど。なんだこれ、最高かよ！」

「魔王様なら絶対にそう言ってくれると思っていたわっ！」

魔王じゃないっつーの。まあ、いいや。次だ、次。

『魔王の教え　その3。実は現代の聖女って元ヤンキーなんだZE！』

「こんなところでエーデル姉がディスられているーーーっ。つーかこれ、魔王が書いたんじゃないのか？　時代設定がおかしいんだが。なんで現代のことが書かれてるんだよ」

「あ、これは今年出たばかりの改訂版《かいていばん》よ。私は信仰心《しんこうしん》が強いから常に最新版を持ち歩いているのよ」

改訂版なんてあるのか。改訂《かいてい》作業をした人に会ってみたいぜ。

『魔王の教え　その4。ワンダースカイ家の長男は絶対に次期魔王だよな！　さあ、みんなで彼《かれ》を魔王に推薦しようぜ！　彼が魔王になってくれれば絶対に世界がハッピーになる

ＹＯ！』

「なんじゃこりゃああああああああああああああああっ！」

ふっざけんな。期待した俺の気持ちを返せ。

俺は教典を手で持って大きく振りかぶった。思い切り魔力《まりょく》を高めて、そして、遠くへ全力でぶん投げ――。

「あああああっ、ストップ、ストップーー。それ、私の宝物だからっ！」

ステファニーが大慌《おおあわ》てでしがみついてきた。

おっと、そうだった。危ない危ない。つい向こうの山のそのまた向こう側まで投げ飛ばしてしまうところだった。

「ステファニーはこの教典のどこに共感したんだよ。ろくなこと書いてなかったぞ。特に教えの４な」

ステファニーに教典を返した。

まったくもう。いつかこれを書いたやつに会ったら文句を言ってやる。なんならこの教典を俺がぜんぶ書き直してやるぜ。

「私はね、この教典に自分の好きを貫《つらぬ》いて生きても良いんだよって、そう言ってもらえた気がしたのよ。だって、元ヤンだって聖女になれたのよ。あの聖女ってド深夜にラッパを吹《ふ》きながら馬で街中を駆《か》け回るような迷惑《めいわく》な人だったのよ？　そんな迷惑な生き方をしていたのに聖女になれちゃったのよ。だったら周りの人なんて気にせずに好きを貫いて生きた方が良いじゃない？　周りに気を使ったたって奪われるだけ。そんな時代を経験してきた私だからこそね……」

「いやー、あのラッパの夜は新聞沙汰《ざた》だったぞ……。迷惑きわまりなかったし、大変なてものじゃなかったんだぞ……」

俺は遠くを見た。

あのときエーデル姉が無事だったのは家が権力の強い貴族だったからだ。舎弟《しやてい》たちはしっかりと反省させられたんだよな。

まあ、エーデル姉は義理堅《ぎりがた》いから、舎弟を助けるために次の夜に鉄パイプを持って殴《なぐ》り込《こ》みに行ったたっていうおまけエピソードまであるんだけど。

いや、その夜を思い出すのはよそう。あのときエーデル姉をなだめて説得するのは地獄《じごく》だったたし。そう、エーデル姉を止めたのは俺なのさ。すげーしんどかった。

「とにかく、この教典は若い子の教材としてはよろしくないと思うんだ」

「でも、魔王様は立派で良い人よ？」

「俺を見て言うな。俺は魔王ちゃうわ」

「じゃあ、なんなの？」

「ふっ、ただのしがないひきこもりさ」

ステファニーの瞳が一番星のように煌《きら》めいた。

「つまり、教えその1を実践《じっせん》しているってわけね！　ますます心から尊敬するわ！」

「ぜんぜんちゃうわーーーっ！　尊敬の眼差《まなざ》しを向けんなーーーっ」

◇

ちょっと目を離《はな》した隙《すき》でした。

私、アナスタシアは鳩さんにエサをあげていたのですが、気がついたら黒猫《くろねこ》のブラッキーちゃんが丸々と太っている鳩さんにぱくりといってしまいました。

「あああああっ、ブラッキーちゃん、鳩さんを食べたらダメですっ。今、お友達になろうとしているところなんですっ」

ブラッキーちゃんが「ンナーーーッ」と言いながらイヤそうにジタバタしました。私の抱っこの仕方がイヤだったみたいです。下ろしてあげたらブラッキーちゃんはエヴァちゃんの方に走って行きました。

ふう、鳩さんは救われました。作戦名「白い鳩さんと仲良くなろう！」を続行しようと思います。

あれ、どこかから新しい鳩さんが飛んできました。エサを食べたかったのでしょうか。

飛んできた方を見てみるとベンチに私のよく知る人がいました。

なんと、ヴィル様です。声をかけに行きましょうか。……と思いましたけど、ヴィル様と一緒にクレープを食べているかわいい女の子がいることに気がついてしまいました。

「がーーーーーーーーーーーーーーーーーん」

天地がひっくり返るようなショックって本当にあるんですね……。私、涙が出ちゃいそうです。ヴィル様が私じゃない女の子とデートをしています。しかも、おっぱいが大きな女の子です。やっぱりそこですか。はあ……。私、クララちゃんよりは大きいんですけど。

「今日の晩ご飯はヴィル様の嫌いな献立《こんだて》にしようかな」

いいえ、ここは逆にヴィル様の好きなものばかりを作ることで私の懐《ふところ》の深さを見せるべきでしょうか。

鳩さんがくるっぽーと鳴いて私を呼びます。エサの続きを欲しいと言っているんだと思います。

「ごめんなさい。お待たせしてしまいました。はーい、美味《おい》しいパンですよー」

食べやすいように小さくちぎったパンです。鳩さんたちに大好評です。

「鳩さん、お友達になってくださいねー」

一羽《わ》の鳩さんが私を見上げました。そして、なぜか私にビクッとしてササーッと距離を取ってしまいました。

「あれれー？　どうしたんですかー？」

鳩さんは警戒《けいかい》して私に近づいてくれません。少し怯《おび》えているでしょうか。

「ちょっと、アナスタシア？　目に光がなくてホラーみたいになっていますわよ？」

クララちゃんに指摘《してき》されました。私の目がいつもと違うんでしょうか。

「それに長い髪《かみ》が口にひっかかっていますわ。長年放置されて呪《のろ》われた人形みたいです」

エヴァちゃんが私の様子を確認《かくにん》しました。

「きゃー、アナちゃんかわいいっ。ケケケ……ケケケ……ッ」

その笑い方、いいですね。

「ケケケ……ケケケケ……ッ」

けっこう上手に笑えました。

「ア、アナスタシアが壊《こわ》れましたわーっ。落ち着いてください。何かあったのですか？」

「あのね、クララちゃん、エヴァちゃん、あれを見てどう思う？」

「あ、ヴィルお兄さんだー」

「ヴィルヘルム様と一緒にいらっしゃるのは、ステファニーさんですわね。クレープを食べてらっしゃ……ハッ、なるほど、あれは間違いなくデートですわね。クレープデートですわっ」

「うわあ、ヴィルお兄さんの好みのタイプって分かり易《やす》いねー」

「そこ、ですわよね。つまり、私たちでは絶望的ってことですわよね……」

みんな自分の胸元《むなもと》を見ます。ぺた、ぺた、ぺた。

「ぺたぺたぺた三姉妹《しまい》です……」

「アナちゃん、アナちゃん、私は二人に比べたらそこそこあるからね？」

「でも、エヴァちゃんだってぜんぜん巨乳《きよにゆう》じゃないよね」

「……。……。……。ケケケ……ケケケケ……ッ」

エヴァちゃんが長い髪の中からスーッと藁《わら》人形を取り出しました。人を呪うのに最高なグッズです。

「これでお仕置きが必要なのは巨乳の方かな……、それともヴィルお兄さんかな……」

「エヴァちゃん、それ、私にもちょうだい」

「はい、どうぞ」

エヴァちゃんが私に藁人形をプレゼントしてくれました。でも、クララちゃんに奪われてしまいました。

「だーめーでーすーわーよっ。こんな物騒《ぶっそう》なものは没収ですわっ」

「「ああっ！」」

「ヴィルヘルム様はパッとしない人ですが、ああ見えて実はかっこいいところがおありですし家柄《いえがら》も良いですから、これからもこのようなことは何度でもありますわっ。いちいち嫉妬《しっと》していたらきりがありませんわよ」

「じゃあ、クララちゃんならこういうときどうするの？」

「私のことしか考えられないくらいに毎日誘惑《ゆうわく》しまくりますわ！」

クララちゃんが腕《うで》を組んで胸を持ち上げるようなポーズを取りました。でも、何も持ち上がりませんでした。あまりにも切ないです。

同情の視線をプレゼントします。

「クララちゃんの色気だと無理だと思う」

「うるっさいですわーっ。あなたも同じようなものでしょうにーーーーっ」

「はあ、どんぐりの背比べみたい……。悲しいね」

「ふふふ、アナちゃん、クララちゃん、私はよせてあげるくらいは余裕であるよー」

「うらやましいー」

でもエヴァちゃんのおっぱいでもヴィル様は籠絡できそうにありません。相手が手強すぎます。愛の道は険しいです。愛の道で最強はきっとソフィアさんです。

なんとなくヴィル様のお部屋に来てしまいました。浮気《うわき》の証拠《しょうこ》を探……じゃなくてお部屋をお掃除《そうじ》に来ただけです。「俺がいない間に部屋を掃除してくれたのか。アーニャありがとう」作戦です。

窓を開けて、はたきでパッパパッパ、はたいていきます。ミューちゃんがよく掃除をしているので綺麗《きれい》ですね。ミューちゃんは綺麗《きれいず》好きなんです。

「あれ？」

机の上に見慣れない冊子が……。こ、これは――。

「しゅ、就職案内ーーーーっ。あのヴィル様が？　あのヴィル様が？　そんなっ。ありえないですっ。これから天変地異が起きますっ」

「たっだいまーっ。アーニャちゃーん、ミューちゃーん、帰り道でブルーベリーもらったよー。チーズケーキでも作ってさー、夜にブルーベリーを乗っけて食べよっかー」

ソフィアさんがクエストから帰ってきたみたいです。私は階段を駆け下りました。

「ソフィアさん、ミューちゃん、大事件ですっ」

ミューちゃんがミュッと反応します。ソフィアさんが「アーニャちゃん、どーしたのっ」と元気に聞いてきます。

「こ、こんなものがヴィル様の机の上にあったんです」

「どえええええええええええええええええええええっ」

「ミューーーーーーーーーーーーーーーーーーーーー！」

「あのヴィル君が就職を考えてるの！　……うーん、ノリでびっくりしちゃったけど、よく考えたらありえなくない？」

「ソーダネ！」

「きっとリリアーナさんあたりに無理矢理《むりやり》持たされただけだよ」

「ソーダネ！」

「だといいんですけど……」

私は不安でいっぱいです。これが変なフラグにならないといいんですけど。ヴィル様の周りにはかわいい女性が多すぎです。私はヴィル様がこのギルドから離れていかないか、だんだん不安になってきてしまいました。

◇

ただいまーと言って〈グラン・バハムート〉に帰ってきた。

ステファニーと遊んだりカフェでコーヒーを飲んだりしていたら夜になってしまった。

すげーお腹が空《す》いた。

アーニャが両手を広げて迎《むか》えてくれる。

「お帰りなさいませ、ヴィル様。ご飯にしますか、お風呂《ふろ》にしますか、それとも、わ・た・し？」

言いながらアーニャが照れている。かわいいなあ。

俺はアーニャの頭をポンポンして上着を脱《ぬ》いだ。そして、椅子《いす》にかけた。

「じゃあ、ご飯にしようかな。お腹が減ったし」

アーニャの目がガーンと言っている。

「わ、私って、やっぱり女としてダメでしょうか？　服の上からでは分からないですが、実はそこそこ膨《ふく》らみがあるのですが……」

アーニャが俺の右手を取って引っ張った。その向かう先はアーニャの薄《うす》い胸板《むないた》――。

あ、俺のお腹がぐうううと鳴った。アーニャが笑顔《えがお》になる。

「そ、そんなにお腹が空いていたんですねっ。すぐにご飯をご用意致《いた》しますっ」

お腹の音が良い返事になったみたいだな。アーニャは顔を真っ赤にしながら晩ご飯の準備を始めてくれた。

少し待つと、アーニャが大きなハンバーグを焼いて出してくれた。

ナイフを入れてみると肉汁《にくじゅう》がじゅわーっとなって目を楽しませてくれる。そして、上に乗っかっているチーズがとろけて肉汁と交わる。

これは完璧《かんぺき》なハンバーグだ。俺の大好物なんだよな。

「ヴィル様、お酒をお注ぎ致しますねっ」

エプロン姿のまま、アーニャが俺の隣《となり》に座ってワインを注いでくれた。

「ギャーッ、お嬢《じょう》、ニートやろうは今日は働いていないミユーッ。お酒は甘《あま》やかしすぎだミユーッ」

ソーダネと俺が言いたいぜ。

アーニャが慣れない手つきでグラスにワインを注いでくれた。このワインはご近所さまからの頂き物らしい。なぜ子供にワインを持たせたのかと思ったけど、お世話になっているお兄さんに飲ませてあげなさいってことらしい。ありがとう、ご近所さん。

遠慮なく飲ませてもらおう。カーッ、うめーっ。口の中に広がる葡萄《ぶどう》の風味。鼻から抜けていくアルコールの香り。これぞワインだ。素晴らしい。

「って、このワイン、かなりアルコールが強いな」

「ソーダネ！　お嬢、こっちにもプリーズだミュー」

「アーニャ、ミューちゃんが注いで欲しいってさ」

「ミューちゃんは自分で注いでくださいね」

「ソ、ソーダネ……」

ミューちゃんが涙《なみだ》している。涙しながら自分でワインの瓶《びん》を持って注いでいる。泣いている魔獣《まじゅう》って面白《おもしろ》いな。その涙を肴《さかな》に酒を飲めそうだ。

「ヴィル様、今宵《こよい》は誠心誠意、真心込めていっぱいお世話をさせて頂きますねっ」

アーニャが俺の肩《かた》に頭を乗せるようにしてきた。なんだこれは、超《ちょう》かわいいぞ。

「夜のお店アナスタシア、開店ですっ」

耳元でそっと囁《ささや》いてくれた。

「じゃ、じゃあ、お言葉に甘えようかな」

一〇分後――。お酒が強すぎる。早くも俺は酔《よ》ったかもしれない。でもアーニャはワインを注ぐ手を止めてくれない。

アーニャが耳元で囁く。

「ヴィル様、私のことって好きですか？」

「ああ、もちろんさ」

「どのくらい好きですか？」

「このくらいさ」

俺はアーニャをぎゅーっと抱きしめた。身体が細くて柔《やわ》らかくて温かーい。

「ギャーッ。ニートやろう、何をしているんだミュー。お触《さわ》りは禁止だミューッ。ここはそういうお店じゃないんだミューッ！」

「ふああああ、ヴィル様、私は幸せものです。こっそり色々と疑ってすみませんでした。私、一生あなたのものですっ。今宵はどうぞ私を好きにしてくださいませっ」

「お嬢はいったい何を言っているんだミューッ。お酒の香りで酔ってないかミューッ？」

あ、ソフィアさんが来た。元気にドアを開ける。

「こんばんはーっ。おかずを作ってきたよーっ。みんなで一緒に食べようーっ」

明るく入ってきたソフィアさんだったが、俺たちを見ると目が点になってしまった。

「って、ヴィル君とアーニャちゃんが一線を越《こ》えちゃってるーっ？　お姉さんショックなんだけどーっ。私が見ていないとこういうことしちゃうのーっ？」

「は？　どういうことですか？　今、聞き捨てならない言葉が聞こえたのですが？」

「あ、そこで会ったリリアーナさんも誘《さそ》ってるんだけど良いよね？」

リリ……アー……ナ……？

ハッ、俺はいったい何を。この状況《じょうきょう》はまずい。すぐにアーニャから離れないと。

振《ふ》り向けばすぐそこにリリアーナがいた。怒髪《どはつ》天を衝《つ》くような怖《こわ》い顔をして、俺の肩をガシッとつかんできた。鬼《おに》のような力の強さだ。

「へえ、私の前で良い度胸をしてますね。ヴィルヘルム君？」

「ち、違《ちが》うんだこれは。酔った勢いで、つい、その」

「へえ～。私ね、前からずっとあなたについて思っていたことがあるんですよ」

「な、何をだ……？」

「ヴィルヘルム君のその腐《くさ》りきった性根《しょうね》を、根っこのところから叩《たた》き直《なお》してあげたいってずっとずーっと思っていたんですよっ」

「顔がドSになってるーーーっ」

「子供の前で酔っ払《ぱら》う大人には天罰《てんばつ》が必要ですっ！」

俺《おれ》はリリアーナにプロレス技のジャーマンスープレックスを決められてしまった。

「ぎゃああああああああああああああああああっ！」

超痛《ちょういた》かった。しかも、どんどんプロレス技が続いていく。容赦《ようしゃ》ない。

誰《だれ》か止めてくれないかなと期待したけど、アーニャはニコニコしているし、ソフィアさんは何も気にせずに楽しそうに料理を温めているし、ミューちゃんはざまーみろって顔をしてニヤニヤしているし。つまりまあ、誰も助けてなんてくれなかった。

プロレス技が終わった後は、俺がみんなにおつまみの用意をしたり、お酒やジュースを注いであげたりした。そして、皿洗いまでしっかりさせてもらったぜ。

夜が更《ふ》けていく。俺はボロボロになってベッドにダイブした。リリアーナの逆エビ固め、痛かったな。

はあ、情けないもんだぜ。子供に注いでもらったお酒で酔っちゃうとかさ。罪悪感がぐるぐる、ぐるぐる脳内を暴れ回ってしょうがない。

みんな素晴らしい女性なんだよな。

ひきこもりで定職につかないような男の相手なんて、本当はさせたらダメなんだ。俺に使ってしまった時間を他の男に使っていれば、良縁《りょうえん》になっていたかもしれないんだし。

遠くでフクロウが鳴いている。

夜がさらに更けていく。

俺はぐるぐる、ぐるぐる本当に色んなことを考えた。これまで〈グラン・バハムート〉で体験してきた思い出、学生時代のこと、家でひきこもっていたこと。つい最近、リリアーナとバーで飲んだときのこと。本当に色々と考えた。

……。……。……。

……。……。……。

酔っているのにぜんぜん眠《ねむ》れなかった。でも、考えはまとまった。

「俺、就職する」

決意は固い。絶対に就職する。

それで少しは良い感じの男になってさ、改めてみんなと向き合ってみたくなったんだ。そうしたら世話を焼かれても罪悪感なんて湧《わ》かなくなるだろうし。

ちゃんと考えてみたら、この選択《せんたく》は当たり前のことだ。うかうかしていたら弟のトニーが先に就職してしまうからな。せっかくトニーは俺をリスペクトしてくれているんだ。先に就職して、兄としてちゃんとかっこいいところを見せないとな。

もうド深夜だ。眠るまでに長い時間がかかったな。進むべき道が決まったら驚《おどろ》くほどすぐに熟睡《じゅくすい》できてしまった。

◇

魔剣《まけん》カタストロフィから妖精《ようせい》の姿になって出てきました。

私、フィーネはヴィルヘルム様に私という素晴らしい魔剣を使って頂くため、誠心誠意頑張《がんば》ろうと思います。

魔剣に魔力が溜《た》まってきています。盗賊《とうぞく》のボスからがっつり魔力を吸わせてもらいましたからね。

でも、まだまだです。次はもっともっと魔力の強い人から魔力を吸収するつもりです。

というわけで、私は一人でえいえいおーと拳《こぶし》を高く掲《かか》げつつ、美術館の出口を目指しました。余裕で外に出ることに成功しましたね。

外は夜です。私は酒場や飲食店を中心にチェックしました。でも、ダメダメです。悪そうな人も魔力の強そうな人も見つかりません。

「うーん、どうしたらいいのでしょうか……」

腕組《うでぐ》みして考えながら、私は夜の街を飛びました。

どこかに都合よく魔力が高くていけないことを考える人はいないですかねー。

「よーし、今度こそ手品を成功させてみせるわっ」

強い魔力を持った人の声が聞こえてきました。私はすぐに振り返りました。宿屋の三階の一室からの声のようですね。窓から覗《のぞ》き込んでみます。

「ここに三羽のひよこがいるわ。今からこのかわいいステファニーちゃんが、このひよこたちにミラクルをかけるからねっ。さあ、このひよこたちに布をかぶせると……。たった、たらら っ、たららっら〜ん。はい、布を取るとなんと！　ひよこが卵に戻《もど》ってるのよっ」

「「「コケコッコー！」」」

布の中にいたのは三羽のニワトリでした。

「うっそーーーーっ。なんで成長してるのーーーーっ」

マジシャンの女の子が愕然《がくぜん》として頭を抱《かか》えます。ショックでたまらなそうです。

「ひよこが卵に変わる手品なのに……。どうせ失敗するのならせめてひよこのままでいなさいよねっ」

あ、よく見たら魔力が強くて成長の早いタイプのニワトリですね。手品に使うのは不向きかと。

「はあああ……、練習ですら上手《うま》くいかないなんて。私、天才のはずなのにな」

天才なら失敗しないのではないでしょうか。おかしなことを言う人ですね。

「あ、もう一回布をかぶせたらフライドチキンになったりして」

それは面白いですね。女の子が布をかぶせます。そして、パッと布を取り去ります。

「『コケコッコー！』」

ニワトリのままでしたね。そりゃそうですよ。

「だよねー！　私、なんか分かってたわ！」

よーし、私、決めました。彼女《かのじょ》をスカウトしましょう。そういえば思い出しましたよ。美術館でヴィルヘルム様を魔王様に推薦《すいせん》していたのはこの女の子でしたよね。これは好都合です。

「こんばんはー」

壁《かべ》をすり抜けて挨拶《あいさつ》してみたら、女の子は凄《すご》く恥《は》ずかしそうにしました。

「ち、違うのっ。今のは失敗じゃなくて……。って、あ、あれ？　なんか見たことあると思ったら魔剣から出てきた妖精じゃない。何しに来たの？」

「あなたをスカウトしに来ました。魔剣に興味はないですか？」

「ないわね。私は手品に人生を懸けるマジシャンだから。戦うのはたとえ才能があっても本業じゃないのよ」

私はこっそり魔《ま》法《ほう》を使いました。

人の心を都合の良いように誘導《ゆうどう》する魔法です。洗脳とまではいかないですが、話術を頑張れば相手を操《あやつ》るのに近いことができます。魔剣に魔力が溜まってきたおかげで、私はこういうことができるようになっているんですよ。抗《あらが》うことは決してできません。

女の子の瞳《ひとみ》がぼんやりとしました。成功です。

「質問を変えましょう。魔剣を持ってもらいたい人はいますか?」

「……それはもちろん、……ヴィルヘルム・ワンダースカイ様ね」

「良い答えです。魔剣は今、倉庫にあるんです。誰かが持ち出さないといけませんね」

「……そうね。私が、届けてあげないと」

「理解が早くて助かります。では、今から一緒に行きましょう。今夜のうちなら警備に見つからずに魔剣を回収できます」

「分かったわ。全ては敬愛する魔王様のために」

「ええ、魔王様のために」

私はにやりとしました。

ことが順調に運びました。マジシャンの女の子、ステファニーは魔剣を手にしました。そして、魔剣を持った効果で悪意が芽生えてどんどん増幅《ぞうふく》していきます。

魔剣を持った人たちによると、まるでガラスが壊れたように自分の精神が崩壊《ほうかい》していく感覚になるんだそうです。それには決して抗えず、悪いことをせずにはいられなくなるんだとか。ステファニーはもう、そういう状態でしょうね。

「私、シーガル公国を救いたいの。大公を倒《たお》して、そして、玉座に新しくヴィルヘルム・ワンダースカイ様についてもらいたい。魔王様といって差し支《つか》えのないあの人が、もしも国のトップになってくれれば絶対に二度と内戦は起こらないわ。だって、魔王様は強すぎて誰も逆らえないから。私は、私みたいに苦労して生きる子をもう一人も出したくないのよ――」

「分かります。では、決行のときはいつにしましょうか？」

「友好式典よ――。これは大きな仕事になるわ。一人じゃ無理。仲間が必要ね」

私はステファニーを導いて盗賊たちを解放しました。

外に出た盗賊たちは嬉《うれ》しそうに外の空気を吸っています。

盗賊のボスがステファニーに声をかけました。感謝の気持ちが溢《あふ》れているようです。

「悪いな、嬢ちゃん。俺たちなんかを助けてくれてよ」

「同郷のよしみよ。あなたたち、大公を憎《にく》んでいるのよね」

「嬢ちゃんもか。……その魔剣、やべーやつだ。悪意に支配されるだろ。俺が持つぜ」

「いえ、私が魔王様《まおう》に届けるわ」

「魔王様っていうと？」

「あなたたちを倒した人よ。私はあの人に魔王様になってもらって、国のトップに立ってもらいたいのよ」

「あいつか。あいつなら確かに国を治める実力があるな。助けてもらった礼だ。俺たちは嬢ちゃんの作戦にのったぜ」

とても面白いことになりそうです。シーガル公国の大公が来る友好式典で、私たちは大暴れをすることになりました。

血と悲鳴が織りなす狂喜乱舞《きょうきらんぶ》の死のお祭りになりそうです。私は人知れず悪魔《あくま》の笑《え》みを浮《う》かべました。

◇

教会に来た。別に俺は祈《いの》りに来たわけでも懺悔《ざんげ》しに来たわけでもない。俺は就職することを決めたわけだが心残りはなくしておこうと思ったんだ。

シスターに案内されて教会の奥《おく》にある立派な部屋の前まで来た。ここは聖女が使っている部屋だな。シスターがドアをノックしてくれる。

　女性の適当な声が返ってきた。

「聖女様、お客様がお越しになられました。ドアを開けてもよろしいでしょうか？」

「は？　マジか。ちょ、ちょっと待ってくれ。まだ開けるなよ。絶対だからな？」

　部屋の中から、どったんばったんする音が聞こえてくる。慌《あわ》てて掃除してるんだな。散らかし放題だったのが目に浮かぶようだぜ。

「ど、どうぞ」

　声のトーンが変わった。聖女っぽい清楚《せいそ》なお姉さんの声だ。

　シスターがドアを開けてくれて俺は堂々と部屋の中へと入る。聖女エーデルワイスことエーデル姉は上品な姿勢で立って俺を迎えてくれた。見た目こそ優《やさ》しいお姉さんだが決して騙《だま》されてはいけない。学生時代はとても素行の悪い人だった。

「ごきげんよう。ようこそおいでくださいました」

「おっす、エーデル姉」

「あら？　ヴィルヘルムさん？」

「ちょっとぶりだな」

「あらあら？　ヴィルヘルムさんって太陽の下に出ても灰にはならないんでしたっけ？

おうちから出られない体質だとお聞きしていましたのに」

「ひきこもりを創作物に出てくるヴァンパイアかなんかとごっちゃにすんなよな。俺だってたまには外に出るんだぜ」

ドヤ顔を見せつけた。

「ああっ、なんということでしょう。大いなる神よ。この哀《あわ》れなひきこもりを太陽の下に連れ出してくださったこと、人類を代表して心から感謝致しますっ」

「大げさだな。うお、眩《まぶ》しいっ」

エーデル姉が神々《こうごう》しく光ったぞ。眩しすぎて何も見えない。

「エーデル姉、光量をもうちょっと抑《おさ》えてくれよ。ちょっと光るだけでじゅうぶん聖女っぽい演出になるから」

「うふふふふ、演出ではありませんよ。今のはただの感謝の気持ちの表われです」

「ていうか、ひきこもりを哀れって言うなよな。俺、すげー幸せだったんだぞ」

「まあ！　大変！　心がまだ汚《よご》れているではありませんかっ。なんて可哀相《かわいそう》なんでしょう。これは聖女であるこの私が、愛を込めて更正《こうせい》してあげないといけませんね」

「更正すべきはエーデル姉の方だと思うが……。あと、エーデル姉の愛はいらない」

エーデル姉がかわいらしい猫《ねこ》パンチを俺の眉間《みけん》に当てた。笑顔で怒《おこ》っている。

「聖女の愛を断るとバチが当たるんですよ。ぷんぷんですっ」

「うわー、ぷんぷんとかぶりっこ似合わないわー。ていうか、早く本題に入ろうぜ」

「そうですね。愛については後日、二人きりのときにじっくりと」

シスターがお茶を丁寧《ていねい》に淹れてくれた。そして、お辞儀《じぎ》して退室する。

二人きりになったことでエーデル姉が安心したようだ。椅子にあぐらをかいて座《すわ》った。

「で、何の用だよ、ヴィル」

素のエーデル姉に戻ったようだ。エーデル姉は人目があると清楚風な人柄《ひとがら》で、気を使う必要がないときには素のがさつな性格で応対する。

「俺、エーデル姉に浄化魔法《じょうかまほう》を教えてもらいたいなって思ってさ」

それが今日ここへ来た理由だ。俺は浄化魔法を使えない。でも、エーデル姉は聖女なだけあって全ての浄化魔法を習得しているんだよな。

エーデル姉から浄化魔法を教えてもらうことで、神聖な剣技《けんぎ》「水鳥《みずどり》の神速剣《しんそくけん》」を習得したいんだ。俺が就職する前にアーニャにその剣技を伝授するために――。

「は？　浄化魔法？　なんでだ？　シスター服でも着たくなったのか？　シスター服が欲《ほ》しいのならやるけど？　誰のがいいんだ？　今から持ってきてやるけど」

エーデル姉がしょうがねえなって顔して笑顔になった。この人、本当に聖女なんだろうか……。やっぱり人選ミスの気がする。

「そんな特殊《とくしゅ》な性癖《せいへき》はないよ。俺はアンジェリーナさんの剣技を習得してアーニャに教えてあげたいだけさ」

「アンジェリーナさん？　ああ、アーニャの母親か。剣技ってなんだっけ？」

「水鳥の神速剣っていうんだが、知らないか？」

「ああー。ああー。思い出した。聖女になるときに前の聖女から聞いた。聖なる泉で舞《ま》いを踊《おど》って神に祈りを捧《ささ》げるための剣技だろ。滅《ほろ》んだやつだよな」

俺は肯定《こうてい》した。

「バカだよなー。あれ、継承者《けいしょうしゃ》が一人だけなことに特別な理由はないんだぜ。ただ伝統だからって。普通《ふつう》に考えて継承者が一人しかいなかったら滅ぶに決まってるよなー」

「それを聞いて安心したよ。俺が水鳥の神速剣を習得しても神が怒ることはなさそうだ」

「ぜんぜん構わないぞ。むしろどんどん広めてくれ。継承者が二度とゼロにならないようにさ。心配なら私が神にちゃんと伝えておくから」

「ありがとな」

エーデル姉があれ、と表情を変えた。

何か気がつくことがあったようだ。椅子から立って前屈《まえかが》みに俺に近づいてくる。視線はまっすぐに俺の瞳を見ていた。

「エーデル姉？」

エーデル姉が俺のほっぺを両手で持った。そして、自分の顔を近づけてくる。

「ヴィル、お前、何か悩《なや》んでるだろ」

「いや、別に？」

「いーや、絶対に何か悩んでる。私には分かる。何年の付き合いだと思ってるんだ」

「一〇年くらいだったかな」

「二〇年だ」

「ちょっ。水増しすんな。二〇年前は俺たち生まれてないだろ」

正解は一四年くらいかな。赤《あか》ん坊《ぼう》の頃《ころ》は覚えてないから含《ふく》めていない。

「まあ細かい数字はともかくだ。私が男子の中で一番付き合いが長いのはヴィルなんだぜ」

えっ……。俺、まさかエーデル姉の幼なじみポジなのか。なんかイヤだあ。

「だからヴィルが悩んでいたらすぐに分かるんだ。さあ、言え。懺悔しろ。聖女の前で隠《かく》すことなんて何もないんだぜ。アーニャのパンツを何枚取ったんだ。さあ、正直に話すんだっ。言え、言うんだ。さあっ、さあっ、はよっ」

「ちょっ！　誰がそんなことをするかーっ」

「大丈夫《だいじょうぶ》、私はぜんぶ分かってるから。ぜったいに誰にも言わないぞ。で、何枚だ？」

エーデル姉がニヤニヤしている。聖女らしさはカケラもない。

「取ってないっつーの」

「なんだよ。ノリが悪いなー。パンツ談義しよーぜ？　な？」

大丈夫か、この聖女。早急《そうきゅう》に別の人に変えた方が良いと思うんだけど。

「あのな、いいか、エーデル姉」

俺はくわっと目を見開いた。超真剣《ちょうしんけん》な顔だ。

「パンツっていうのはなあ、かわいい女の子が穿《は》いているのが良いんだよっ。洗ってタンスにしまってあるパンツとか何もロマンがないんだっ。だから一枚だって取ってない。興味もいっさいない。エーデル姉ならこの理屈《りくつ》、分かるだろ？」

エーデル姉、凄く頭が痛そうにした。うちの子はなんてバカなんだろうって嘆《なげ》いている母親みたいな顔だった。

「ヴィル、頼《たの》むからもう少しさ、まともな理由ってなかったのか？　私、マジで心配になってきたんだけど。美少女が穿いているパンツだって興味を持ったらアウトだからな？」

「ノってあげたのに真面目に返されたっ」

「ははは、素直《すなお》に悩み相談しないからだよ。イヤなら早く吐《は》け。何に悩んでるんだ？」

「……はあ。分かったよ。誰にも言うなよ？　ちょっと最近さ、トニーが凄いんだよ。それで考えることが多くなった。ただそれだけだよ」

エーデル姉が安心して椅子に戻った。

「やっと正直になったか。で、今さらそんな話なのか？　トニーが凄いのは子供の頃からだろ？」

「そうだけど。最近、特に凄いんだよ。クエストをどんどん攻略《こうりゃく》してさ。周りに人がどんどん集まっていくんだ」

エーデル姉がつまらなそうにした。

「それも子供の頃からだろ？　トニーはモテまくるもんなー。……で？」

「え？」

「本当にそれだけで悩んでたのか？」

「……俺、みんなに必要とされてるんだって思って自惚《うぬぼ》れてたんだけど、ようやく目が覚めたっていうか。俺の代わりの人間なんていくらでもいるんだって気がついたんだよ。そこに気がついてみたら、今の場所でみんなに優しくしてもらえていることが本当に申し訳なくなってきたんだよな」

周りにいる人はみんな、何も言わなくても世話を焼きまくってくれる。特別でもなんでもない俺に特別扱《あつか》いをしてくれる必要なんて本来はないはずなんだ。

「ふーん、なるほどなー。意外とヴィルらしい悩みなのかもな」

俺はお茶を飲んだ。めっちゃ美味《うま》い。良い職についたよな、エーデル姉。

「もしかして、〈グラン・バハムート〉から出るつもりなのか？」

「ああ、そういうことになると思う」

「だったらさ、教会騎士《きし》になろうぜ。私の直属の護衛にしてやるからさ」

予想外の提案が来た。教会騎士といえば公務員と並んでこの国ではエリート職だ。もちろん給料だって良い。

「ヴィルが直属の護衛になってくれたら私は気楽に過ごせる。契約《けいやく》だと一日八時間労働だけど、実働は三時間くらいでいいぜ。これ、絶対に良いだろ？」

さすがに聖女が表舞台《おもてぶたい》に出るような大きなイベントのときは忙《いそが》しいらしい。でも、それ以外はわりとマイペースに過ごせるそうだ。

俺にとって魅力的《みりょくてき》な提案だった。これから先、トニーが公務員になって父みたいに出世していったとしても、聖女の護衛職なら胸を張っていられるだろう。

エーデル姉が棚《たな》からいくつかの資料を取ってきた。

「これ、いちおう採用案内な。選択肢《せんたくし》の一つには入れてみてくれ。マジでお勧《すす》めだから」

エーデル姉ってなんだかんだ面倒見《めんどうみ》が良いんだよな。俺はその採用案内を受け取った。ちゃんと検討させてもらおうと思う。

次に、浄化魔法についての相談をした。エーデル姉は隣国《りんごく》との友好式典が終わった後にスケジュールを入れてくれるらしい。今は友好式典の準備で空きがないんだそうだ。

話がまとまって帰ろうかというタイミングで部屋に来客があった。

「こんにちはーっ。〈グラン・バハムート〉からお届けですーっ。って、あれー。ヴィル君がいるぞ？　なになに、なんの資料を見てるのー？」

ソフィアさんだ。ウキウキなノリで近づいて来る。あーあ、教会騎士の採用案内を見られてしまった。

「あれ、ヴィル君、就職しちゃうの？　そういえばアーニャちゃんからも似たような話を聞いたような気がする。うーん……、私、ヴィル君が就職するとは思ってなかったなー。寂《さび》しいけど、ヴィル君ならどこでもやっていけると思うよっ。私、応援《おうえん》するね！」

ひきとめてはくれないのか。やっぱりそうだよなあ。

「……ありがとうございます。ちなみに、ここへは何の納品をするんですか？」

「食べ物だよ。サマーオレンジとかお魚とか」

エーデル姉が補足してくれた。

「シーガル公国で食料難が起きているのはいくらひきこもっていても知っていますよね。聖女としても食糧支援《しょくりょうしえん》をした方が良いと思ったんです。なにせ、聖女ですから」

「まあ、好感度は大事だよな」

「あらあら、好感度のためではありませんよ。うふふふふ」

友好式典までもうすぐだな。街が歓迎《かんげい》の準備で忙しくなり始めている。楽しみだねとソフィアさんと話しながら帰った。

◇

私、アナスタシアはトニー様とクエストを攻略中です。

お猿《さる》さんの広大な巣の向こう側にあるバナナを取ってくるクエストですね。クエストの難易度はC。危険度が高いです。トニー様でもちょっと苦戦しているところです。

「あー、困ったなあ。この猿の魔獣、火をぜんぜん怖がらないんだね」

そうなんです。トニー様の火の魔法をぜんぜん怖がってくれません。

お猿さんを倒す必要はありませんので、火で怖がらせてからバナナを取りに行く作戦だったんですが失敗に終わってしまいました。

「ウッキャーーーーーーーーーーーーーー！」

お猿さんがトニー様の顔に飛びつこうと木からジャンプしてきました。トニー様はそのお猿さんの顔をつかんでぽいっとしました。

「しょうがない。強引《ごういん》に行こうか」

それしかなさそうです。他にもクエストがたくさんありますから、ここで時間をかけるわけにはいきません。

「アーニャちゃん、僕《ぼく》の傍《そば》から離《はな》れないでね」

「大丈夫ですっ。私、こう見えて避《よ》けるのは得意なんですよっ」

「ウッキャーーーーーーーーーーーーーー！」

私に向かってお猿さんが飛びかかってきました。それを私はひらりと踊るようにかわします。

「あれ……？　アーニャちゃんが二人いるんだけど？」

私は笑顔を作りました。

「もっともっと増えますよー」

「えええええっ。凄い！　アーニャちゃんが七人も！」

お猿さんとトニー様が顔を合わせます。

「今の凄いね！」

「ウキッ！」

「まあ、踊ってないといけないんですけどね……」

勇者の神剣技《かみけんぎ》《ミラージュステップ》は私は踊ってないと使えないんです。

あれ……？　トニー様のお顔色が優《すぐ》れません。どんどん暗くなっていきます。お猿さんも心配そうにトニー様を見ています。

「ねえ、アーニャちゃん、それってもしかして勇者の神剣技……？」

「はい、そうですけど。ヴィル様に教えてもらったんです」

「そうなんだ。いいなあ。もしかして他の技も教えてもらえてるの？」

私はこれまでに教えてもらえた勇者の神剣技の名称《めいしょう》を全てトニー様にお伝えました。

どれも完全習得には至っていませんが、いつか必ず使いこなせるようになりたいと思っています。勇者の神剣技を使えた方がギルドマスターとしてかっこいいですしね。

トニー様がもの凄く羨《うらや》ましそうにしています。

「僕ね、五歳《さい》のときに勇者の神剣技を教えてって兄さんにお願いしたことがあるんだ」

トニー様が遠くを見つめるようにしました。当時の思い出を見ているのでしょうか。

お猿さんが飛びかかってきたのでトニー様は顔をつかんでぽいっとしました。隙《すき》があるようでありませんね。さすがトニー様です。

「そのときに僕は兄さんに言われたんだ――。今のままじゃダメだ。トニーがもっと大きくなって、俺が認められるくらいに強くなれ。そうしたら、勇者の神剣技をぜんぶ教えてやるからさってね。それ以来、僕は毎日毎日たくさん修行《しゅぎょう》したんだ」

トニー様が辛《つら》そうにしています。それだけ人並み外れた努力を積み重ねてきたんだと思います。

「でも、どんなに努力を重ねてもダメだった。兄さんの背中はいつまでたっても大きいままさ。五歳の頃に見上げていたのと変わらないくらいにね。このままじゃあ、僕は永遠に勇者の神剣技を教えてもらえそうにないんだよね……」

「トニー様、大丈夫ですよっ」

私は励《はげ》ますように明るくて元気な声を出しました。

「帰ったらすぐにヴィル様にお願いしてみましょう。ヴィル様は優しい人ですから、きっと、勇者の神剣技を教えてくれますよっ」

「ありがとう。でも、ごめんね。僕にはちょっとそれはできないかな」

「え？　なぜでしょうか？」

「兄弟ってね、素直になるのが難しいときがあるんだよ」

「というと？」

「僕はちゃんと兄さんに強さを認めてもらって、そのうえで勇者の神剣技を教えてもらいたいんだ。五歳のときに兄さんとした約束は僕のなかで絶対だから」

まさしく兄弟って感じですね。私に兄弟はいないですけど、でも、少しだけトニー様のお気持ちを理解できる気がしました。

「トニー様のお気持ちは分かりました。では、ヴィル様と真剣勝負《しんけん》ですね！」

「真剣勝負……、してくれるかなあ。僕と兄さんって兄弟喧嘩《げんか》すらほとんどしたことがないんだよね。兄さんが本気で相手をしてくれることってなかなかなくてさ」

「仲の良いご兄弟なんですね」

「うん、僕は兄さんが大好きだからね。あ、いつのまにか人生相談みたいになっちゃったね。バナナを取りに行こうか」

「お話してくれてありがとうございます。私、トニー様を応援しますねっ！」

ヴィル様がトニー様の強さを認めてくださるように。きっとチャンスはあると思います。そのときを逃《のが》さないように私も機会をうかがおうと思います。

トニー様がありがとうって言ってくれました。その優しい表情がヴィル様とそっくりだなって思いました。

第6章★★★ひきこもりは伝説の魔剣と死闘を繰り広げる

ミューちゃんが俺を見てギョッとしている。

「うわー、でたミューッ！　特別な日だけはなぜか朝から起きられる謎《なぞ》スキルーッ」

「おはよう、ミューちゃん。俺が朝から起きただけでそんな驚くなよな」

「だって日頃《ひごろ》があれだし」

「まあ、言いたいことは分かる」

今日はシーガル公国の大公がこの街へやってくる日だ。つまり、お祭りみたいな日だから自分で起きられたわけたな。

俺は貴族として恥ずかしくないよう清潔な服を着ている。そして、顔を丁寧に洗ってから靴《くつ》を履《は》いた。

「あれ？　どこに行くミュー？」

ミューちゃんがパンを切ってサンドイッチを用意してくれていた。丁寧にバターを塗《ぬ》って具もたっぷりで凄く美味《おい》しそうだ。

「髪《かみ》、切りに行く。そのまま友好式典に参加するから帰るのは夜になると思う」

「坊主頭《ぼうずあたま》にしてくると良いミュー」

ミューちゃんがニマッと笑んだ。

「ちょっと整えてもらうだけだよ。友好式典にボサボサの髪で出られないしさ」

「貴族は大変ミューね。あ、ニートやろう。歩きながら食べるといいミュー」

ミューちゃんがお皿に載《の》せたサンドイッチを差し出してきた。

「お腹《なか》が空《す》いてるとパワーが出ないミュー」

「サンキュ」

「剣も持って行くミューよ」

「剣を？　いや、それは無理だろ。友好式典に武装して行くのは失礼にあたる」

「……魔獣《まじゅう》は鼻が利《き》くミュー。でもまあ、ニートやろうなら切り抜《ぬ》けられるミューね」

直感みたいなものだろうか。ミューちゃんは不穏《ふおん》な空気でも感じ取っているのかもしれない。友好式典で何かが起こるのは非常にまずいぞ。最悪、二国間の友好が終わって戦争になるかもしれない。だから、そうならないことを祈るぜ。

「じゃあ、行ってくる」

「ニートやろう」

俺《おれ》は裏口のドアを開ける途中《とちゅう》で振《ふ》り返った。ミューちゃんはこっちを向いていなかった。お皿を片付けに流し場へと向かっている。

「ちゃんと帰ってくるミューよ」

「はい？　どういう意味だ？」

「別に。魔獣は鼻が利くミュー。とっとと行ってくるミュー」

俺は〈グラン・バハムート〉を出た。数歩進んで振り返る。何か察したんだろうか。俺の心が〈グラン・バハムート〉から離れて就職に傾《かたむ》いていることを。

「俺が就職したら、あいつともあんまり会えなくなるのか」

ミューちゃんの憎たらしい笑顔《えがお》が脳裏《のうり》によぎった。……まあ、会えなくなってもあんまり寂しくないか。

俺は振り返らずに進んでいった。

◇

凄い大声援《だいせいえん》だった。

シーガル公国大公夫妻を一目見ようと、沿道にも屋根の上にも人がたくさん集まっていた。夫妻は大通りを豪華《ごうか》な馬車でゆっくりと進んでいる。超大盛《ちょうおおも》り上がりだ。完全にお祭りだぜ。

　俺は一足先に友好式典会場へと来た。王城の正門前だな。両サイドには豪華な庭園があ
ってかなり華《はな》やかな場所だ。

「あーっ、き、貴様、何をしに来たのだっ」

　うるさいなあ、もう。父がいきなり胸《むな》ぐらをつかみかかってきたぞ。

「今日のワンダースカイ家の代表はトニーだ。貴様の出る幕はないぞっ」

「トニーになんかあったときのために来ただけですよ。大丈夫そうか、トニー？」

　めっちゃかっこよくしているトニーに声をかけた。

「いえ、ぜんぜんダメそうです。ですから、尊敬する兄さんと一緒《いっしょ》に大公にご挨拶に行き
たいなって思います」

「トニーーーーーーーーーーーっ。何を言っているのだ。私は悲しいぞっ。なぜひ
きこもりを尊敬するなどと世迷《よま》い言《ごと》をっ。この街で一番尊敬してはいけない人なのにっ」

「でも、兄さんって尊敬するところばかりじゃないですか？」

「はあー？　私には一つも見つからないぞ。あんなやつを尊敬しては人間が腐《くさ》ってしまう。

さあ、危ないから近づいてはいけない。視界に入れるのもダメだ。あっちに行こう。な？」

父は俺がトニーに近づかないようにグルルルルと威嚇《いかく》していた。手でシッシッとしてくる。

「に、兄さん、またあとでー」

トニーは女の子を相手にするような愛嬌《あいきょう》ある仕草で手を振ってくれた。ちょっとキュンときてしまった。なるほど。年頃《としごろ》の女の子ならきっとイチコロだな。

「ねえねえ、ヴィル君っ。もうお料理を食べていいかなっ」

「ブレないっすね、ソフィアさん」

バッタリ会ったから俺が連れて来た。本当は式典後のパーティーまでは民間人は入れないんだが、ワンダースカイ家の護衛ってことにしておいたらなんか通った。

「式典が始まってからにしましょう」

じゃあ、どれを食べるかをチェックしておくねーっと言っていた。ブレないなあ。

「「大公様、ご夫妻様っ、遠路はるばるのご来訪、ありがとうございます！」」

友好式典が始まるとすぐにアーニャとクララの出番が来た。

お姫様《ひめさま》みたいな真っ白いドレスを着た二人はまさしく天使。大公夫妻はニコニコしているし、観客はかわいいかわいいと盛り上がりに盛り上がっている。

「『歓迎のお花をお持ちしましたっ』」

シーンとなってしまった。

それはそうだ。だって、肝心《かんじん》の花を忘れてしまっているんだから。

「ヴィヴィヴィヴィ、ヴィル君、あれどうしよう。ねえ、あれどうしようっ。お姉さん心配で胃がキリキリっていうか、おっぱいが痛くなっちゃったんだけどっ」

「おおおお、落ち着いてください。周りの大人たちがきっとサポートしてくれますから」

なんか二人とも親心っぽい感じで見ている気がする。ハラハラしてしょうがない。

誰《だれ》か二人に花を届けてあげてくれよ。どこに忘れてきたんだろうか。

「あれ？　なんでアーニャちゃんたちは笑顔なんだろう？」

「……なるほど。確かに。なにかあるのかもしれませんね」

大公がニコニコしながら指摘《してき》してくれる。

「おや？　お花を忘れてきちゃったのかな？」

「いえ、こちらにあるんですわ」

アーニャとクララが「せーの」と声を揃《そろ》えた。そして、胸の前で手をクロスするようにかわいくした。そして、笑顔で両腕《りょううで》を開く。

するとあら不思議。アーニャとクララの両腕いっぱいに華麗《かれい》な花束が現われたんだ。

「えええええええええええっ。うっそーーーー。ヴィル君、今の凄《すご》くなーーい？」

「本当ですね！　びっくりしました！　これは完全にやられましたねっ」

観客も大拍手《だいはくしゅ》だ。ステファニーを完全に超《こ》えた手品。見事だったぜ。

「はっはっは。驚《おどろ》いたよ。これは素晴《すば》らしい歓迎だねっ」

大公もご満足のご様子だ。ご夫人と共に喜んで花束を受け取っていた。

まだ何かあるみたいだな。アーニャとクララがニコニコしている。

「クララちゃん、いくよっ」

「ええ、アナスタシア。せーのっ」

二人でダンスみたいにくるっと可憐《かれん》に一回転した。スカートがふわっと浮き上がり、二人の両腕にはいつのまにか大量の白い鳩《はと》が抱《だ》っこされていた。

「うっそーーーー。あの鳩どこにいたのーーーーーーーーーーーーーーーっ」

「それもびっくりですけど鳩って抱っこできるもんなんですかーーーーーーーーーーっ」

俺とソフィアさんがこの会場で一番はしゃいでいるかもしれない。

「『両国間に末永い友好が続きますようにっ』」

アーニャとクララが一斉《いっせい》に白い鳩を飛び立たせた。白い鳩たちが優雅《ゆうが》に空へと飛び上がる。それに合わせて、ラッパ隊がかっこよくファンファーレを鳴り響《ひび》かせ、祝砲《しゅくほう》が景気よく打ち上げられた。

友好式典会場は大盛り上がりだ。みんな拍手《はくしゅ》や指笛を送っていた。

アーニャとクララが盛り上げてくれたおかげで、その後のオーケストラやダンスパフォーマンスも盛り上がりに盛り上がったぞ。友好式典は大成功だな。

特設ステージ上で国王と大公ががっちり握手《あくしゅ》をする。

それからは両国の友好を願ったスピーチが続いた。聖女のスピーチもあったぞ。式典といえど決して堅苦《かたくる》しくなく、明るく賑《にぎ》やかな雰囲気《ふんいき》で進行していった。

◇

あれ、いつの間にかソフィアさんと離れてしまった。

ソフィアさんは友好式典で振る舞われていた料理が美味しい美味しいと言って食べまくっていたから、きっと料理やデザートを探してどこかに行ってしまったんだろう。

もう友好式典の主要なイベントは終わっている。会場は一般人《いっぱんじん》も含めて盛り上がりまくっていた。

さて、俺はどうするかな。

「あら。ヴィルヘルム君、こんな端《はし》っこにいたんですね」

リリアーナの声に振り向いた。

びっくりした。あまりにも華やかで色合いも美しくて、まるでこの会場の一番のヒロインが目の前にいるように思えたからだ。

「リリアーナ？　うわ、すげー綺麗《きれい》になってる」

「そ、そうですか？　こんなに鮮《あざ》やかな赤い色のパーティードレスは私には似合わないと思ったのですが、母がどうしてもこれを着ろとうるさくて……」

「お母様のセンスに間違《まちが》いはないよ。超《ちよう》似合ってる。本当に綺麗だぜ」

どこか落ち着かない様子だったリリアーナが嬉《うれ》しそうにほほえんだ。

「ヴィルヘルム君に言ってもらえて少し安心しました」

今日の自分に自信が持てそうです、とリリアーナが言う。

俺はテーブルに出ていた生チョコタルトを皿に取ってリリアーナに渡《わた》してあげた。

「これ、美味しかったぞ。俺と一緒に食べてくれますか、プリンセス」

「プリンセスはさすがに調子に乗りすぎですよ。でも、美味しそうですね」

「飲み物は？　シャンパン？」

「今日はお酒は控《ひか》えますので」

給仕《きゅうじ》さんからリンゴのジュースを受け取ってリリアーナに渡した。

「今日はずいぶん優しいんですね」

「貴族男子として参加してるからな。着《き》飾《かざ》った美しい女性には紳士《しんし》的に振る舞うのさ」

「とても立派ですね。いつもそうだといいんですけど」

リリアーナが俺にグラスを傾けた。俺はそのグラスに自分のグラスをぶつけた。この友好式典に乾杯《かんぱい》だ。

生チョコタルトを食べる。

「あら、美味しいですね。さすがは一流のシェフを集めただけのことはあります」

「だよな。これ、どこの店のだろうな。今度行ってみたいよな」

「ヴィルヘルム君、チョコが口《くち》の端《はし》についていますよ。もう、しっかりしてくださいよ」

リリアーナが綺麗なハンカチで俺の口もとをぬぐってくれた。

「お。サンキュ」

生チョコがとろーりとした濃厚《のうこう》なものだったからな。きっとそれがついたんだろう。

リリアーナがしょうがない人ですねって顔をしている。その表情には母性が滲《にじ》み出ているようだ。って、俺は子供かよ。もっとシャキッとしないとな。シャキッと。

「えーーーーーーーーーーっ。やっぱり二人ってそういうっ？」

ん？　すぐ近くでニヤニヤしている男性がいるぞ。俺のよく知っている人だった。

「げえっ、父上っ！」

リリアーナが俺の口もとをぬぐう手をパッと引っ込《こ》めた。

「ち、違《ちが》いますっ！　私たち、ただのお友達ですっ」

「そうですよっ。俺たち、お友達ですからねっ」

「みなまで言うな。分かっておる。ちゃんと分かっておるぞ。むふふふふっ」

「父上、何も分かってないですっ。俺たちは本当に何の関係でもないですからっ」

「若者はみんなそういうのだ。あー、愉快愉快《ゆかいゆかい》！　貴様はリリアーナルートにしたという
ことだな！　私はそう受け止めたぞ。いやー、確かに今日のリリアーナはとびきり美しい。

ひきこもりといえども目を奪《うば》われてしまうに決まっている」

「ロバート様、私たち本当に違うんですっ」

「ほっほーう？　はたしてそうだろうか？　好意を寄せていない相手に普通はあーんから
の口もとをぬぐってあげるプレイはせんだろう？」

「父上、それは誇張《こちょう》ですっ。俺たち、あーんはしてないですっ」

「そうですよっ。この人にそんなことをしたら手が汚れてしまいますっ」

「うおいっ、リリアーナも誇張しすぎだ」

ツッコミを入れてやった。

あ、ダメだ。父のニヤニヤが止まらない。絶対に悪いことを考えている顔だ。

「恋《こい》に照れるのは若者の特権！　ふははははっ。良いものを見たっ。ああ、めでたいっ。リリアーナよ、我《わ》が家の不良債権《さいけん》を引き取ってくれてありがとう！　心から感謝する！」

「不良債権って！　またそういうことをおっしゃるから、この子が自信をなくしてひきこもるんですよっ。せめてワンダースカイ家の面汚《つらよご》しくらいで我慢《がまん》してくださいっ」

「うおいっ、リリアーナ、それもじゅうぶんにひどいぞっ。けっこう心が抉《えぐ》られたっ」

「安心しろ、リリアーナ。面汚しくらいなら私はいつでも言っているから」

　確かにそうだけどさ……。

「ヴィルヘルム君、何か言い返さなくていいんですかっ」

「言い返せるような前向きな経歴とか実績がないんだよなあ」

「だから早く就職しておきなさいと私はあれほどっ」

「あーあー、耳が痛い」

耳を両手で塞《ふさ》いだ。しかし、リリアーナがその両手を引っ張って「就職し・な・さ・い」とお説教のように言ってくる。

「ふふふふっ。愉快《ゆかい》、愉快っ。若い二人はそのままいちゃついているといい」

「なっ、私たち別にいちゃついてなどいませんっ」

「ここからは両家の親のターンだ。私はシューティングスター家のご夫妻に挨拶《あいさつ》をしてくるのでな！　じゃっ！　ごゆっくり！」

「ああっ、ちょっ。待っ。うちの両親はそういうの本気にする人たちですからっ。常日ごろから私を早くお嫁《よめ》に出したくて仕方のない人たちなんですよっ」

「余計に好都合ではないかっ。もはや私は止まらんぞ。ふっふのふーっ！」

父がスキップして場を去ろうとした。まずい。外堀《そとぼり》から埋《う》められてしまう。俺は全力で父の背中をつかんで止めた。

「待ってください、父上っ！　リリアーナは本当にただのお友達なんです。よく考えてみてくださいよ。ひきこもりの俺に彼女《かのじょ》がいるわけがないじゃないですかっ」

「その理屈は分かる」

「ですよねー」

「だが、トニーも言っておったのだ。兄さんのお嫁さんにはしっかり者で綺麗なリリアーナさんが僕は良いと思うんだと」

「トニーーーーーーーーーーーーーーーーーーー！」

あいつのリリアーナ推《お》しがここで炸裂《さくれつ》するのか。致命的《ちめいてき》なダメージだよ。ちくしょう。

「まあ、トニー君がそんなことを？」

「なにまんざらでもない顔になってるんだよ、リリアーナ。さらばだーーーー」

「よし、話はまとまったな！　では、私は行く。さらばだーーーーっ！」

「あ、いえ、ぜんぜんまとまっていません！　ヴィルヘルム君、止めてください。外堀から埋められて逃《に》げられなくなりますよっ」

「止まってください、父上。じっくり話し合いましょうっ」

「ははは、私を止めても無駄無駄《むだむだ》っ。親は外堀を埋めていくのが楽しいんだからなーっ」

「楽しいで子供の縁談《えんだん》を進める親がどこにいますかーっ」

「残念っ。ここにいたんだなーっ」

うわ、ダメだこの親ーーーっ。

「いさぎよく諦《あきら》めろっ。貴族の結婚《けっこん》とはこういうものなのだーっ」

「あっ、ちょ、ちょーっ、待っ！」

父が高速スキップで行ってしまった。まずい。追いかけないと。ああ見えて父は運動神経がかなりある。俺は全力ダッシュで追いかけるはめになった。

◇

ふう、父に仕事が入って助かった。

危《あや》うく結婚式場まで決められてしまうところだった。貴族社会は超怖《ちようこわ》いぜ。

でも、これでしばらくは落ち着けるかな。

俺は給仕さんからシャンパンを受け取って飲んだ。冷たさとシュワシュワ感がたまらないね。

リリアーナのところに戻《もど》る。リリアーナは疲《つか》れた顔でシャンパンを飲んでいた。今日は控えるんじゃなかったのか。まあ、気疲《きづか》れしたんだろうな。俺もそんな感じだ。

「お疲れ」

「ヴィルヘルム君こそ」

それ以上の会話はなかった。無言でシャンパンを飲む。

まあ、こんな時間の使い方も悪くはないか。リリアーナと静かな時間を過ごすなんて学生の頃以来かもな。

なんて思ったときだった。

ドーンと特設ステージの上で煙《けむり》が発生した。いったいなんだ。唐突《とうとつ》だったな。本当に唐突に静かな時間が終わってしまった。イベントが始まるって感じじゃないと思う。

「レディースアンドジェントルマーン。みんな私に注目してよねっ！」

煙の中から聞いたことのある声が聞こえてきた。

「げほっ、げほっ、げほっ。け、煙を出しすぎたわっ」

ステファニーだ。また手品を失敗したんだな。

「みんな良い感じに盛り上がってるわねっ。これからますます盛り上がっていくわよ。だって、今からこのかわいいステファニーちゃんがミラクルを見せてあげるんだからねっ」

煙が流れていく。

ステファニーが血みたいに真っ赤な剣《けん》を背負っていた。あれは……。やばくないか？

「魔剣《まけん》カタストロフィだ」

「え？　ヴィルヘルム君、その魔剣は美術館の倉庫に置いていたはずですが？」

「また盗《ぬす》まれたんだろうな。それがどういうわけかステファニーの手に渡っている。めちゃくちゃまずいな」

あの剣はどうも人をおかしくする効果があるように思う。盗賊《とうぞく》のボスがそうだったし。

ステファニーがどこかから巻物を取り出した。

あれにも見覚えがある。たしか魔王《まおう》の遺物として美術館に展示されていたはず。

「さあ、あなたの出番よっ。出てきなさいっ。大魔獣サイクロプス！　好きなだけ暴れて何もかもを壊《こわ》しちゃいなさいーーーっ！」

もの凄い魔力《まりょく》だ。ステファニーは魔族《まぞく》だから元々魔力が高いが、そのなかでも飛び抜けて優秀《ゆうしゅう》だったようだ。

ステファニーの強い魔力に反応して巻物に描《えが》かれている魔法《まほう》が発動する。

あれは召喚魔法《しょうかんまほう》だ。巨人《きょじん》が召喚《しょうかん》されてしまった。城と同じくらいに大きいぞ。

サイクロプスと呼ばれた大型魔獣が空に向かって吠《ほ》えた。大爆音だ。

「ガオオオオオオオオオオオオオオオオオオオオオオオオオオン！」

国の終わりを招くような不吉《ふきつ》な雄叫《おたけ》びに聞こえる。

実際、サイクロプスは小さな国を一匹《ぴき》で滅《ほろ》ぼしてしまったという伝説がある。かつて魔王のいた時代に悪名を轟《とどろ》かせたやばすぎる魔獣だ。

サイクロプスの見た目は巨大《きょだい》で恐《おそ》ろしい鬼《おに》のよう。頭にはツノ、目は一つ、肌《はだ》は緑で手には見るも恐ろしいトゲトゲの棍棒《こんぼう》を握《にぎ》りしめている。

「サイクロプス！　ぜーんぶ壊してしまいなさいっ！　ここにいる人間を残らずぜんぶ潰《つぶ》すのよっ。そして、血にまみれたパーティー会場で私に新しい魔王様をお迎《むか》えさせて！」

「ギャアアアアアアアアアアアアアアアアアアアアアアアアス！」

サイクロプスが容赦《ようしゃ》なく人の密集地に棍棒を叩《たた》き付けていく。判断よくサイクロプスに突撃《とつげき》をかけていた兵士たちが何人も潰されてしまった。

一人が悲鳴をあげる。そして、悲鳴が連鎖《れんさ》していった。楽しい雰囲気が一転して阿鼻叫《あびきょう》喚《かん》の渦《うず》に飲《の》み込まれていく。

あの者を捕《とら》えろと誰かが叫《さけ》んだ。兵士たちが続々と集まってくる。

ステファニーが魔剣を手にした。悪女の目になっている。

「キャハハハハ、私のミラクルはまだまだ続くわよ。さあ、出てきなさい。邪魔《じゃま》するやつはみんな食い尽《つ》くしてしまうのよっ。死んで！　死んで！　死んでーーー！」

ステファニーが魔剣を何度も何度も振る。すると、次々に魔獣が召還《しょうかん》された。

どれも大型の魔獣だ。ステファニーは魔力が強いから盗賊のボスのときよりも強力な魔獣を召還できているようだ。

牙《きば》の鋭《するど》い獅子《しし》の魔獣にフルアーマー装備をしたゾンビ騎士《きし》の魔獣、人食い翼竜《よくりゅう》の魔獣に魔法を使えるゴリラの魔獣。どいつもこいつもBランク以上になる手強《てごわ》い魔獣だぞ。

しかも、増援《ぞうえん》が現われたようだ。数十人はいるだろうか。

「うおおおおおおおおおおおおおおっ。大公を殺せーーーーーーーーーーーーっ！」

「大公ーーーーっ、自分だけ美味《うま》い飯を食いやがってーーーーーーーーーーーーっ！」

「貴様に国のトップは似合わねーーーーーーーーっ！」

「食料難に苦しむ国民の憎《にく》しみを知れーーーーーーーーーーーーっ！」

あれは——、前にトニーが片付けた盗賊団だ。それと、あいつらが雇《やと》った傭兵《ようへい》たちだろうか。民衆に紛《まぎ》れ込んでいたようで、そこらじゅうで一斉に暴れ出した。

これはまずいな。俺が出なきゃ治まらないと思う。

「リリアーナ、俺はちょっと行ってくる。安全なところに隠《かく》れていて——」

殺気があって振り返った。盗賊のボスが気配を消して立っていたらしい。

「わりーな。お前さんは強すぎるからな。しばらく大人しくしといてくれや」

盗賊のボスが何かに魔力を込めて投げつけてきた。それが俺の右手にしっかりはまってしまったぞ。

俺の右手が後ろに持っていかれる。左手まで後ろに引っ張られた。そして、両手が拘束《こうそく》されてしまった。

「なんだこれ。はずれないぞっ。やばい。腕《うで》から石化が始まった！」

「魔王の遺物ゴルゴーンの手錠《てじょう》だ。いくらお前さんでも簡単には抜けられないぜ。俺たちが大公を殺すまで、隅《すみ》にでも隠れておとなしく見学してな。あの嬢《じょう》ちゃんがお前さんには魔王になって欲《ほ》しいんだとよ。ジッとしてりゃあ悪いようにはならねーよ。じゃあな！」

「あ、待て！」

追いかけたい。追いかけたいが獅子の魔獣が牙を剥《む》いて襲《おそ》いかかってきた。しかも、俺じゃなくてリリアーナに向かっている。

俺は背中を魔獣に向けてリリアーナをかばった。

右肩《みぎかた》に思い切り噛《か》みつかれてしまう。いや、そんなものじゃない。肩《かた》を牙で貫通《かんつう》させたうえで骨ごと噛みちぎるぐらいの顎《あご》の力がある。

「ヴィルヘルム君ーーーーーーーーーーーーーーーーっ！」

リリアーナが真っ青になった。あんな大きな声、初めて聞いたよ。

「安心してくれ。常人ならこれで致命傷《ちめいしよう》だろうけどさ。俺は優秀だから大丈夫《だいじようぶ》だよ。なあ、魔獣。お前の牙じゃあ、俺の防御《ぼうぎよ》は越《こ》えられないみたいだな」

獅子の魔獣が俺の殺気に気圧《けお》されて驚愕《きようがく》した。

牙を俺の肩から外して震《ふる》えてしまう。絶望的な力の差が分かってしまったんだろう。

俺は振り返って獅子の魔獣の顎を蹴《け》り上げた。頭の骨がコナゴナになっただろうな。

「ふっ、Sランク魔獣にでもなってから出直してきやがれ！」

Sランクでも俺の方が強いけどな！

「ヴィルヘルム君、助けてくれてありがとうございます！　筋肉に怪我《けが》はありませんか？　筋肉は大丈夫ですよね。もしも傷ついていたら私、泣いちゃいますよっ」

「できれば筋肉以外も心配して欲しいなって」

「それだけ元気があれば大丈夫ですね」

筋肉以外の扱《あつか》いは適当だなあ……。

俺はグッと腕に魔力を込めた。もっと込める。さらに込めていく。

げげっ、ダメだ。俺を拘束している手錠はビクともしない。

さすが魔王の遺物だ。この手錠はちょっとやそっとじゃ破壊《はかい》できそうにないぞ。

どんどん石化が進行していく。魔力を集中して石化を妨害《ぼうがい》しないとやばい。やっかいな物を付けられてしまったもんだな。

「ヴィルなんとか君ーーーーーーーっ！」

父が血相を変えて走って来た。友好式典がブチ壊しにされたんだ。慌《あわ》てるのは当たり前だな。最悪、両国間の戦争にまで発展するかもしれない重大な事態だ。

父が俺の胸ぐらをつかみ上げてきた。目が真剣だ。

「貴様、さっさとなんとかせんかっ。こんなときくらいしか世間様の役に立てないだろうがっ。貴様がちょっと本気を出せばこんな魔獣どもは一瞬《いっしゅん》で全滅《ぜんめつ》させられるだろうに！」

「すみません、今はちょっと難しいですね……」

俺は両腕の状態を見せた。

「それは、魔王の遺物っ。なんと。敵に先手を打たれていたのか。貴様でも抜けられないとなると――。私はどうすれば貴様を自由にできる？」

判断が早くて助かる。

「そんじょそこらの剣でこれの破壊はできません。父上、これを絶対に破壊できると断言できるような名剣《めいけん》はないですか？」

「くっ、友好式典でなければ手元に最高の名剣があったんだが。……だが、ここからなら家が近い。待っておれ。私が名剣を取ってくるまで、貴様は少しでも被害《ひがい》を食い止めておくのだ！」

「了解《りょうかい》です！」

父が猛烈《もうれつ》な速度で走って行く。筋肉とか腱《けん》とかが切れそうな速度だ。あんなに思い切り走って大丈夫だろうか。尊敬できるくらいのスピードだぞ。さすが俺とトニーの父ってところか。

父があんなに頑張《がんば》っているんだ。俺も頑張らないとな。

悲鳴があがりまくっている式典会場を見る。

戦っている者、逃げ出す者、立ち尽くしている者、泣いている者、様々だった。早くなんとかしないと。魔獣は既《すで》に一〇〇匹はいる。ステファニーが剣を振る度に増えるんだから、ますます増えていくだろう。たまったもんじゃないな。それに盗賊だっている。

最もやっかいなのは――。俺は高いところを見上げた。あの魔獣サイクロプスだろう。あれをどうにかしないとこの狂乱《きょうらん》はぜったいに治まらない。

サイクロプスはガツンガツン何度も棍棒を振り下ろしている。あんなに同じようなところばかりを連続攻撃《こうげき》する必要があるのか？

あれ？　誰か一人を狙《ねら》っているようだな。

あれほど強い魔獣が執着《しゅうちゃく》して追いかけてしまう強い相手がこの場にいたのか。

あ、ソフィアさんだった。なんか凄く納得《なっとく》した。

「いいいいいいいいいいいいいやあああああああああああああっ！　なんで！　なんで私だけを狙ってるの！　私を潰しても面白《おもしろ》くないよおおおおおおおおっ！」

いや、案外面白いかもしれないぞ。いやあ、いつだってブレないなあ、ソフィアさん。サイクロプスがケラケラ笑っている。ソフィアさんの反応が面白いんだろうか。分かるぜ、その気持ち。俺たち友達になれるかもな。

棍棒を何度も叩き付けまくっている。しかし、ソフィアさんは凄い足の速さでギリギリのところで避《よ》けていく。さすがソフィアさん。凄すぎるぜ。よっ、逃げの達人。逃げるだけなら国で一番っ！

「ソフィアさん！　ナイスです！　そのままそいつを引きつけていてくださいね！　一時間くらい！」

「一時間ーーーっ！　無理無理無理無理無理！　ていうか、ヴィル君、見てないで助けてよおおおおおおおおおっ！」

「大丈夫、ソフィアさんならやれます！」

「やれるわけないでしょおおおおおおおっ！　私、か弱い女の子だよおおおおっ！」

「そんなことないよなあ？」

「ギャオオオオオオオオオオオオオオオオオオオン！」

「ほら、同意してくれましたよ？」

「今のはイライラして叫んだだけだからっ！　ヴィル君、早く助けてよおおおおっ！」

「とか言いながら避けまくってるソフィアさん素敵《すてき》ですよ！」

右にひらりと避け、左に側転するようにかわし、ときにサイクロプスの内側に潜《もぐ》ることで攻撃を回避《かいひ》し続けている。

「ずっと見ていたい。あの芸術的な神回避を」

「ヴィルヘルム君、助けてあげましょうよって言おうと思ったんですけど……、確かに凄いですね。あんなに綺麗でけしからんボディをしているのに、あの運動神経はずるいですよ。このままずっと見ていましょうか？」

「いいいいいいいいいいいいいいやあああああああああああっ！　なんで二人して芸術鑑賞《かんしょう》みたいな眼差《まなざ》しになってるの！　ここは美術館じゃないよおおおっ！」

「ソフィアさんなら美術館に飾《かざ》られていてもおかしくない美貌《びぼう》ですよ。俺、毎日見に行きたいですっ。タイトルは、そうですね、美しき回避マスターソフィアなんてどうです？」

「ああもうっ、ツッコミが追い付かないっ。命がけのときに何を言われてもぜんぜん嬉しくないよおおおおおおおおおおっ！」

サイクロプスがいい加減むかついてきたのか舌打ちした。ますます棍棒を振り下ろす速度が速くなっていく。

すげー。あれは達人でもたまったもんじゃない攻撃スピードだぞ。それを避け続けるソフィアさんはもっと凄い。

「私、もう目が追い付かないです。攻撃する方も逃げる方も速すぎです。というか、たまに残像が残るくらいの速さで逃げてません？　あれって人間に可能な動きなんですか？」

「すげーよな。極限状態のピンチでソフィアさんの中の何かが覚醒《かくせい》したっぽい。俺でも参考になる動きだぜ」

ソフィアさんって実はかなりの天才肌《てんさいはだ》なのかもしれない。

「このままもうちょっと待ってたら、ソフィアさんが一ランク上の強さにいけそうだ」

「ちょーーーっと、のんびり見てないでよおおおおおおおっ。もうちょっと待ってたら私、ぺちゃんこだよおおおおおおおおっ！」

「ソフィアさんって柔《やわ》らかそうですし、ぺちゃんこにはならないんじゃないですか？」

「適当なことを言わないでええええええ。ああああああ、当たるうううううっ！」

あー、確かにダメそうだ。俺は手を使えない。だから、剣を振れないし魔法だってほぼ出せない。足だけでどうにかしないとなんだよな。

俺は目にも留まらない速さでソフィアさんに接近した。

真上からサイクロプスの巨大な棍棒が迫《せま》ってくる。どうにかしないとソフィアさんが潰されるだろうな。だから、優秀な俺がどうにかする！

「くらえっ！　勇者の神剣技《かみけんぎ》《暴獣旋風脚《ぼうじゆうせんぷうきやく》》！」

勇者が剣を持っていないときための技シリーズの一つだな。

足に重量と硬《かた》さを与《あた》えて、突進《とつしん》しながら思い切り振《ふ》り抜く技だ。相手が人間なら骨と内臓を同時に砕《くだ》くことができる。だが、相手は棍棒だ。

「くっ。重い――」

さすがに砕くのは無理だった。でも、俺が足を振る力の方が余裕《よゆう》で勝ったぜ。

サイクロプスの棍棒を跳《は》ね返したぞ。サイクロプスが腕と上半身を大きく仰《の》け反《ぞ》らせた。隙《すき》だらけだな。

俺はサイクロプスの後方に回った。そして、もう一度《暴獣旋風脚》を繰《く》り出す。

「倒《たお》れろーーーーーーーっ！」

サイクロプスの膝《ひざ》の裏に《暴獣旋風脚》をくらわせてやった。サイクロプスの骨と肉を砕いたうえバランスを崩《くず》すことに成功。

サイクロプスが悲鳴をあげながら背中から倒れ込む。後頭部が王城に衝突《しょうとつ》して、外壁《がいへき》を破壊していった。

俺は高く高く飛び上がった。そして、サイクロプスを見下ろす。サイクロプスの表情が恐ろしさに歪《ゆが》んでいた。

「これはちょっと痛いぜ？」

サイクロプスの腹にめがけて《暴獣旋風脚》を繰り出した。内臓を破壊した感触《かんしょく》がある。大ダメージになっただろうな。

「今だーーーっ。彼《かれ》に続けーーーーっ！」

「うおおおおおおおおおおおおおおおおおおおっ！」

兵士やギルド戦士たちがサイクロプスに群がっていく。あとは彼らに任せよう。手負いのサイクロプスなら彼らでじゅうぶんに押さえられるだろうから。俺《おれ》は離脱《りだつ》した。

ソフィアさんが息を切らせながら走って来たぞ。

「ありがとう、ヴィル君ーーーっ。はあっ、はあっ、でもね、次はもうちょっと、はあっ、はあっ、早く助けてくれるとね、はあっ、はあっ、お姉さん嬉しいなって」

「いやー、俺もそう思ったんですけど、ソフィアさんの見せ場を奪っちゃ悪いかなって」

「そういうのいいってば。はあっ、はあっ、あれ、手、どうしちゃったの？」

「敵にやられてしまいました。ソフィアさん、リリアーナを連れて逃げてくれますか。ここは俺がなんとかします」

「でも、その手じゃヴィル君でも……」

おっと、リリアーナにゾンビの魔獣《まじゅう》が迫っている。俺は魔王の極限魔法《モンスターコントロール》で手近にいた獅子の魔獣を操《あやつ》って助けた。

「ソフィアさん、早く！」

「うん、ごめんね。頑張って！」

ソフィアさんが走って行く。

父が剣を持ってきてくれるまでなんとか凌《しの》ぐぞ。すげー疲れる日になりそうだ。そういえば、ミューちゃんがこんな危機を予想していたっけ。ミューちゃんの鼻ってマジで利《き》くんだな。ちょっと尊敬したぜ。

◇

なんてことだろう。せっかくの友好式典が全部パーだ。

この混乱した状況《じょうきょう》下で僕《ぼく》、トニーが取らないといけない行動は――、尊敬する兄さんのサポートに決まってる。

……あれ、兄さんが手を拘束されていた。父上がなんとかしてくれるみたいだから、僕は他のことをするべきだね。

もし兄さんならこの状況でどうするか。きっと大公をお守りするはず。

大公を確認《かくにん》してみれば、なんと盗賊たちに襲われていた。兵士さんが必死に守っているけど、盗賊だって必死。勢いは盗賊の方が上だった。

兵士さんが次々に倒れていく。僕はあそこに加勢に行こう。倒れた兵士さんの剣を使わせてもらうことにした。

あ、エーデルワイスさんが先に加勢に入った。

「いけない子にはお仕置きですよー。聖女様はぷんぷんです！」

「て、てめーは！　元ヤン聖女！」

あ、エーデルワイスさんが不良顔でイラッとした。手を天高く掲《かか》げて強力な魔法を発動する。

「うふふふ。世の中、言って良いことと悪いことがあるんですよ？　天罰《てんばつ》ですっ。浄化《じょうか》魔法《まほう》《ホーリーホーク》！」

真っ白くて大きな鷹《たか》が天から飛来してきた。鋭い爪《つめ》を煌《きら》めかせて光のように素早《すばや》く攻撃をかけていく。

あっという間に盗賊たちを蹴散《けち》らしてしまった。さすがは学生時代に名を馳《は》せた不良だ。喧嘩《けんか》は超強《ちょうつよ》い。

続いて盗賊のボスがエーデルワイスさんに迫っていく。あいつは僕が倒そう。

「エセ聖女、お命頂戴《ちょうだい》！」

「あらあら？　誰がエセですって？　どこからどう見ても私は生粋《きっすい》の聖女でしょう？」

「どこからどう見てもヤンキーあがりのエセ聖女だ！」

「な、なんですって。誰よりも清楚《せいそ》で慎《つつ》ましいじゃないですかっ」

「ふざけんなっ。お前が清楚なら俺だって清楚だろうが！」

「いくらなんでもあなたよりはだいぶ清楚ですよ！　聖女様は超ぷんぷんです！」

盗賊のボスが大きな剣を振《ふ》りかぶった。

エーデルワイスさんは拳《こぶし》で応戦するようだ。喧嘩の構えで拳を握りしめた。さすがに分が悪いだろう。僕が割って入る。

「すみません、ちょっと邪魔しますよ！」

僕はエーデルワイスさんをかばうように立った。そして、右手の拳に魔法を込めて撃《う》ち放つ。

「て、てめーは！　あのときの！」

「その切はどうも。ちょっと痛いですよ！　爆裂魔法《ばくれつまほう》《ブラストエクスプロージョン》！」

盗賊のボスが爆裂魔法の爆発《ばくはつ》を受けて空中へと浮《う》かび上がった。

「ぐああああああああああああああああっ！　いてえええええええええええっ！」

浮かび上がった先でまた爆発が起きる。

「マジかよ！　があああああああああああああっ！」

さらに浮き上がった先でまた爆発が――。そうして爆発が一〇回続いた。

「ぎゃあああああああああああっ！　また爆発で俺は負けるのかよおおおおっ！」

盗賊のボスがボロボロになって白目を剥いて落ちてきた。気を失ったようだね。

「少しやりすぎたかな。まあいいか。お怪我はありませんか、エーデルワイスさん」

「キャーッ、トニーさん、かっこいいです！　頭を撫《な》で撫でしてあげますねー！」

　エーデルワイスさんが僕を抱《だ》きしめて頭を撫でてきた。一瞬で全身に鳥肌《とりはだ》がたってしまった。

「う……、うわあああああああああああああっ」

「なんで青ざめて悲鳴をあげるんですか？」

　だってそりゃあ、猛獣《もうじゅう》に抱きしめられて頭部を触《さわ》られたら誰《だれ》だって怖《こわ》いでしょう。

「うふふふふ、照れなくていいんですよ。小さい頃《ころ》はいつもこうして抱っこしてあげたじゃないですか。優《やさ》しいお姉さんにいーっぱい甘《あま》えていいんですよ？」

　僕は小さいときはエーデルワイスさんのおもちゃにされていた思い出しかない……。優しいお姉さん？　いやいや、真逆かなって。

「エーデルワイスさん、そのキャラ、やめません？」

　拒否《きょひ》反応が出てしまうから。

「よーし、トニーさん？」

　エーデルワイスさんが素の不良顔を見せた。

「お前、あとで教会裏に来いな？　絶対だぞ？」

　こわっ。目付きが特に怖い。よーし、聞かなかったことにしよう。

さあて、次の敵は、と。

「イヤーーーーーーーーーーーーッ。アナスタシアーッ、アナスタシアーッ」

悲鳴だ。クララちゃんだ。その正面には二足歩行の大型ドラゴンがいる。

って、あれ？　そのドラゴンが空を向いていて、閉じられた口の隙間《すきま》から女の子の両脚《りょうあし》が伸《の》びていた。

あの脚ってもしかしてアーニャちゃん？　つまり、腰《こし》から上が食べられている？

「大丈夫ですわよっ。まだ食べられてませんから。きっとまだセーフですわっ」

いやー、ほぼアウトだよ。飲み込まれる一歩手前だもん。

「お気を確かにしているんですよっ。誰か、誰かーーっ。できればヴィルヘルム様っ」

僕は剣を構えて突進した。そして、ドラゴンの首を一振《ひとふ》りで真っ二つにする。

ドラゴンの口の中にいたアーニャちゃんがポーンと投げ出された。僕はアーニャちゃんを華麗《かれい》にお姫様《ひめさま》だっこで受け止めてあげた。

「良かった。ギリギリセーフだったみたいだね」

「きゃーっ、トニー様、かっこいいですわ！　ていうか、ずるいですわ、アナスタシア！　私だってお姫様だっこしてもらいたいですのに！」

「それはまた今度ね」

ウインクしてあげた。

「きゃーっ、ぜひっ！」

アーニャちゃんを下ろしてあげた。怪我はないみたいだ。

「ありがとうございます、トニー様！　ヴィル様みたいでかっこよかったです！」

「ふっ、優秀な僕なら余裕さ。アーニャちゃんが無事で良かったよ」

アーニャちゃんが立って特設ステージを見る。そこにはステファニーさんがいて、魔剣をぶんぶん振り続けていた。魔獣が次々に召喚されていく。

「トニー様、私、ステファニーさんを止めてあげたいです。明らかにおかしな状態になっていますから。きっとあの魔剣が悪いんだと思います」

「うん、間違《まちが》いなくそうだね。僕らで助けてあげよう」

ただ、そこまで辿《たど》り着けるかどうか、ちょっと自信がない。僕一人で行くとしても直線上にいる強烈《きょうれつ》な魔獣を五〇匹は倒さないといけない。時間をかければかけるほど魔獣は増えていくし、これはかなり困難なミッションだ。

さて、どうするか……。なんかエーデルワイスさんが来たぞ。

「お悩《なや》みですね」

「いえ、特には」

「お悩みですよね？　ね？」

「一つも悩んでいませんよ、エーデルワイスさん」

「悩んでいるじゃないですか。もうー、トニーさんはツンデレさんですね。うふふふ」

「デレはないです、デレはっ」

「うふふ、嘘《うそ》をついても無駄《むだ》ですよ。なにせこの清らかな私は、トニーさんが赤ちゃんの頃から面倒《めんどう》を見るていでおもちゃにして遊ん――ご、ごほん、愛情たっぷりに面倒を見てきた身ですからね。トニーさんにデレがあれば察し、悩みごとがあればすぐに気がつくのです」

やっぱり僕っておもちゃにされていたんだ……。

「ということでトニーさん、あなたのお悩みを解決しましょう。誰よりも心清らかで頼《たよ》りになるこの私が、あなたの進むべき道を切り開きますよ」

「心……清らか……？」

エーデルワイスさんが僕の肩に手を置いた。そして顔を近づけて凄《すご》みを利かせる。

「トニー、教会裏に来るの確定だからな？　来なかったら家まで呼びに行くからな？」

こわっ。よーし、今日はもう実家には帰らないぞ。

「さあ、浄化魔法を使います。トニーさん、少しは私を尊敬してくださいね。あとデレて

ください」

デレるのはイヤだなあ。

「これは神が示す正義の力です。大いなる祝福を受けしこの聖女が、裁きの剣で道を切り開きましょう」

エーデルワイスさんが手を天へと掲げた。

天から一筋の光が降りてくる。そしてその光は、信じられないくらいに大きな剣の形になってエーデルワイスさんの手に収まった。真っ白で、本当に綺麗《きれい》な剣だった。

「悪《あ》しき存在は滅びてくださいねっ。いきますよ。浄化魔法《セイントソード》です！」

エーデルワイスさんが大きな剣を振り下ろした。

これはたまらないだろう。強力な浄化魔法の力がこもった剣だ。剣が振り下ろされた周囲にいた魔獣はみんな浄化《じょうか》されて跡形《あとかた》もなく消えてしまった。

「凄い。さすが聖女様ですね」

素直《すなお》に尊敬できる。おかげでステファニーさんへと続く道ができた。

「最初から素直にそう言えばいいんです。さあ、頼《たの》みましたよ！　魔剣に魅入《みい》られし哀《あわ》れな少女を助けてあげてください！」

「はい！　任せてください！」

僕は走り抜《ぬ》けた。アーニャちゃんとクララちゃんも続いた。

ステファニーさんが僕の接近に気がついたみたいだ。明らかにおかしくなっている瞳《ひとみ》を僕に向けてきた。それは暴力的で怪《あや》しくて、彼女が魔王だと言われれば信じてしまいそうな恐ろしいものだった。

「ステファニーさん、その剣を置いてください！　それは危険すぎます！」

「キャハハハハ、そんなのダメよ！　全員さっさと死ねばいいのよ。さあ死んで、今すぐに死んで、私のために死んで！　血をドバーッと出して死んで！　そうしたら私はとっても嬉《うれ》しいわっ！」

やっぱり魔剣がステファニーさんをおかしくしている。ステファニーさんはこんな性格じゃない。

「ステファニーさん、魔剣をこっちに。手品がヘタでも人生を諦めないでください！」

「失礼ね！　ヘタじゃないわよ！」

アーニャちゃんとクララちゃんが追い付いてきた。

「ステファニーさんの手品はかわいいですっ。ヘタって言われることは多いと思いますけど、でも、私は大好きですからどうか続けてくださいっ」

「ステファニーさん、お気を確かにしてくださいませっ。手品がおヘタでもわりと人生ってどうにかなるものですわよ！」

　ステファニーさんが剣を振った。魔獣が三匹も召喚されてしまったけど、三匹とも僕が一瞬で斬り伏《ふ》せた。

「ヘタじゃないって言ってるでしょ！　ほっといてよ！　私はね、魔王様が名乗りをあげるのに相応《ふさわ》しい場を整えてるだけなの！　邪魔しないで！」

「魔王ですか？　残念ですけど魔王は一〇〇年以上前に滅びましたよ！」

「現代にもいるじゃない。あなたのお兄さんのことよ！」

「僕の兄さんは世界一かっこいい勇者です！」

　僕は特設ステージに乗ってステファニーさんに斬りかかった。ステファニーさんが剣を出して受け止める。

「その魔剣、振らないと魔獣が出てこないのは弱点ですね」

　剣と剣でつばぜり合いをする。こうしている間は新しい魔獣は召喚されない。

「でも、ずっとこうしていてもこの場は治まらないわよ。そのうち後ろから魔獣に襲われるわ」

「いいえ。大丈夫です。だって、僕は一人じゃないですから」

　僕の両サイドから二人の女の子が走ってくる。アーニャちゃんとクララちゃんだ。二人とも手の平に力を溜《た》め込《こ》んでいるのが伝わってくる。

「アナスタシア、いきますわよ！」

「うん、クララちゃん、せーの！」

「「勇者の神剣技《爆撃掌底《ばくげきしょうてい》》！」」

「ぶふぉ――――――――――――――――――っ。いった――――――――――――――――いっ！」

アーニャちゃんとクララちゃんの掌底が同時にステファニーさんのみぞおちに入った。

ステファニーさん、表情が大きく歪むくらいに痛かったみたいだ。

二人の手から爆発的《ばくはつてき》なエネルギーがステファニーさんの体内に入り込んでいく。そのエネルギーが体内を暴れ回ることで、ステファニーさんの身体の中をぐしゃぐしゃにしてしまったようだ。なんてえぐい技なんだろう。

ステファニーさんは白目を剥くようにして天を仰《あお》いだ。魔剣が乾《かわ》いた音をたててステージに落ちる。

「あ、あんたたち、覚えて……なさい……よね……」

死ぬほど痛いんだからと言いながら、ステファニーさんがステージにくずれた。

凄く痛そうにしている。でも、どうにか気を失わなかったみたいだ。アーニャちゃんもクララちゃんも体重が軽いから思ったほどのダメージにはならなかったかな。

落ちた魔剣を見る。

こんな物騒《ぶっそう》な魔剣はもう処分してしまった方がいいと思う。父上から国に進言してもらおう。国宝だから難しいかもしれないけど、それまではうちが責任を持って預か――。

「あ……れ……？」

僕が魔剣を拾った瞬間《しゅんかん》、世界の全てがガラスみたいに脆《もろ》く壊れていく気がした。

誰かの悲鳴が脳内に幾重《いくえ》にも響《ひび》き渡《わた》る。

視界が血のように真っ赤に染まっていく。

死を欲《ほっ》して喉《のど》が渇《かわ》く。

心の奥底《おくそこ》から憎悪《ぞうお》が湧《わ》いてくる。

この魔剣がまさか、これほど危険なものだったとは――。抗《あらが》うことは、できない。兄さんの笑顔《えがお》が一瞬《いっしゅん》浮かんで、コナゴナに消えていった。

「あ、ダメ。その剣を持ったらおかしくなるわよ！」

「うあああああっ、うあああああああああああああああああああっ！」

殺したい。殺したい。殺したい。殺したい。殺したい……。

何もかも殺したい。ぜんぶ殺したい。殺さないと頭がおかしくなりそうだ。

アーニャちゃんが僕に寄ってきた。

「トニー様？　大丈夫ですか？」

「……アーニャちゃん、そういえばきみは、僕よりも先に僕の大好きな兄さんから、勇者の神剣技を教えてもらっていたよね？」

「は、はい。そうです……。でも、トニーさんもきっと教えてもらえますから」

「僕、嫉妬《しっと》しちゃうなあ」

殺したい。殺したい。ああ、殺したいなあ。この感情がどうしても抑えられない。自分が自分じゃないみたいだ。僕は剣《けん》を振りかぶった。このままじゃあ、僕はアーニャちゃんを殺してしまう。

「ダメよ！」

ステファニーさんが上半身を起こして煙玉《けむりだま》を僕に投げつけた。

びっくりするくらい大量の煙《けむり》が吹《ふ》き出してアーニャちゃんを隠してしまった。

「今から私のミラクルを見せてあげるわっ。今度こそ本当に本当のミラクルよっ」

ステファニーさんがふらふらしながら立ち上がった。

「ステファニーさんの手品は絶対に成功しないことで有名だよ。だから僕は、このままアーニャちゃんを斬る！」

僕は煙に包まれたままの状態で剣を振り下ろした。湧き起こる憎悪に任せてアーニャちゃんを斬ったつもりだ。

でも、手応えがまったく違《ちが》った。人を斬った感触じゃなかった。斬れていたのは、ステファニーさんの帽子《ぼうし》だった。アーニャちゃんと手品で入れ替《か》わっていたようだ。

「え？　手品が……成功した……？　あのステファニーさんの手品が成功？　奇跡《きせき》が起きたんだ！」

「奇跡言うなし！　実力だし！」

「そこはほら、これが私のミラクルよ、ってキメ台詞《ぜりふ》を言うところじゃない？」

「ハッ。キメ台詞を逃《のが》したあああああっ！　初めてかっこつけられるタイミングだったのに！　私ってバカなのおおおおおっ」

僕はがくがく震えた。寒気がした。危《あや》うくアーニャちゃんを殺してしまうところだった。ステファニーさんに感謝しないといけない。

「ト、トニー様……」

「クララちゃん、早く……逃《に》げて……。僕が、おかしく……なっていく……」

ステファニーさんがアーニャちゃんの手を引っ張って煙から出していた。クララちゃんの手も引っ張って走っていく。

「ステファニーさん、私はトニー様をお助けしたいですわっ」

「げっふぅぅぅぅぅっ！」

「ヒエッ！　凄い量の吐血《とけつ》ですわ！　いったいどうしてそんなことに！」

「あんたたちの掌底のせいでしょうが！　あの魔王《まおう》様の弟くん、天才魔族《まぞく》って呼ばれる私より一〇倍は魔力《まりょく》が高いわよ。だから私たちなんかじゃ絶対に勝てないの。もし勝てるとしたら一人しかいない。そう、魔王様だけってことよ」

僕は魔剣《まけん》を振った。振って振って振りまくった。

目の前にAランクの大型魔獣が召喚《しょうかん》されていく。このまま街を、国を、さらには世界を、ぜんぶ壊《こわ》してしまったらさぞかし心地《ここち》がいいだろう。そんな悪い感情が湧いてきた。もうどうにでもなれ。視界に兄さんを発見した。僕は笑いながら駆《か》けだしていた。

◇

俺は手錠《てじょう》で拘束《こうそく》されたままだ。それでもどうにか頑張って、魔獣との戦闘《せんとう》をしたり民間人避難《ひなん》の手伝いをしたりした。

俺がそうしている間に、いつの間にかトニーがステファニーを止めていた。

「……ああ、やっぱり俺って特別な人間じゃなかったんだな」

再認識《さいにんしき》した。この街にはトニーがいればじゅうぶんなんだ。トニー、アーニャとクララと協力して、これからたくさん活躍《かつやく》してくれよ。俺は就職して陰《かげ》からトニーをお膳立《ぜんだ》てしていこうと思うから。

襲いかかってきた魔獣を蹴り飛ばす。

俺には華《はな》やかなステージの上じゃなくて、量産された魔獣《まじゅう》狩《が》り程度がお似合いなのさ。まあ、それだって大事な仕事だよな。まだまだ何十匹《びき》もいるんだし、一生懸命《いっしょうけんめい》に頑張ろうと思う。

あれ――。悪い魔力が爆発している。ステージの上だ。あ、なにやってんだ。トニーが魔剣を持ってしまっている。

ステファニーがアーニャとクララを引っ張って俺に向かって走ってくる。凄い量の吐血だ。よく走れるな。根性《こんじょう》ある。

「ま、魔王様、お願いっ。私たちを、この街を救って」

「大怪我《おおけが》してるじゃないか。大丈夫《だいじょうぶ》か、ステファニー」

「この事態を収拾《しゅうしゅう》できるのはもう魔王様しかいないの。魔剣を奪《うば》い返して。それから全ての魔獣を従えて。あと、魔王様として名乗りをあげて。そして、私の国を救って。私の手品を褒《ほ》めて欲《ほ》しいし、あとあと、最新版の教典を書いて欲しいし、私とデートだってして欲しいし、クレープもたくさんおごって欲しくて、他にも——」

「ちょちょちょ、待って、待ってくれ。注文が多すぎないか？」

「一個だけって言うのなら、ぜひ魔王様になって欲しいわ、私、一生崇拝《すうはい》するわよ」

「ならないっつーの」

「とにかくあとはお願い。私はこの子たちを安全なところに連れて行くから」

「ああ、それは任せた」

ステファニーたちが走って行く。アーニャが何か言いたそうに俺を見つめていた。

「どうした、アーニャ」

「ヴィル様、どうかトニー様と向き合ってあげてくださいませんか？」

「え、どういうことだ？」

「私の口からはこれ以上は何も……」

アーニャはそのままステファニーに連れられて行ってしまった。

よく分からないが、トニーは何か抱《かか》え込んでいるものがあるみたいだ。この戦いの中で聞き出せるだろうか。難しいかもしれないが優秀《ゆうしゅう》な俺ならやるべきだろう。

「見つけたよ、兄さん」

信じられない速度で背後にトニーが迫っていた。俺の頭部を真っ二つにする勢いで剣を振ってくる。

俺は気配を察してしゃがんで避けた。だが、魔剣から魔獣が多数召還《しょうかん》されてしまった。Aランクどころか Sランクになりそうな竜種《りゅうしゅ》の魔獣までいる。この場で戦うのはダメだろう。被害が大きくなる。

「トニーの標的は俺か？　好都合だ。場所を変えるぞ、トニー」

召喚された魔獣を蹴《け》り砕きつつ俺は走り出した。トニーは俺と同じ速度でついてきた。被害を最小限に食い止めるんだ。トニーのためにも。

俺たち、喧嘩なんてしたことのない兄弟だったんだけどな。それが殺し合いみたいなことをすることになるなんてな。人生って何が起きるか分からないもんだな。

◇

トニーと王城まで走って来た。避難場所になっているわけじゃないからここなら被害《ひがい》は少なく抑えられるだろう。

俺が外壁を駆け上がっていくと、トニーも壁《かべ》を走ってついてきた。

「兄さん、僕の方を向いて欲しいです！」

うお、トニーが魔剣を振ってしまった。翼《つばさ》のある魔獣グリフォンが二匹召還《ひきしょうかん》されて、爪を立てて襲《おそ》ってくる。壁を駆け上がっている途中《とちゅう》じゃあ戦いづらい。俺は一番近い屋根に駆け上がってグリフォンを待ち構えた。

グリフォンが俺の喉を斬り裂《さ》こうと雄叫《おたけ》びをあげながら接近してくる。先に接近してきた一匹を俺は顎《あご》を蹴り上げて粉砕《ふんさい》してやった。もう一匹はキックで首をへし折った。

トニーがさらに上に向かったので俺も飛び上がって追いかけた。

かなり高い場所だ。王城はそもそも高い場所に建てられているから、ここまで上ってくると景観が素晴《すば》らしい。こんな状況じゃなければ街並みや絶景を楽しめたんだろうな。

トニーと向き合う。いかにも呪《のろ》われたような瞳と表情だな。

「さすが兄さんですね。手が使えなくてもちっとも弱くならない」

「そりゃそうだ。俺は優秀だからな」

「それでこそ僕の大好きな兄さんです！」

トニーが魔剣を構えて走ってくる。超速度《ちょうそくど》の接近だな。俺はギリギリのところで攻撃《こうげき》をかわした。髪《かみ》の毛が少し斬られてしまったぞ。今日、整えてもらったばかりなのに。

トニーは休まず俺に斬りかかってきた。芸術的に美しい剣さばきだ。油断したら真っ二つにされるかもな。ま、当たらないけどな。俺は華麗に回避し続けた。

「斬りたい、斬りたい、斬りたい、ああ、兄さんを斬りたいです！　僕は兄さんに傷をたくさんつけてボロボロにして、それから地面に倒れさせてそれで僕は――」

「隙だらけだぞ？」

強烈なヘッドバッドをトニーのおでこに炸裂《さくれつ》させた。

戦いの最中におしゃべりしすぎだ。トニーのおでこから流血がある。少しはダメージになったみたいだな。

トニーが自分の血を指ですくった。その血を舐《な》めて嬉しそうにする。

「兄さんがつけてくれた傷……。治らないで欲しいです」

「なに言ってんだ。この街の全女子から俺が恨まれるじゃねーか。イケメンが台無しになったってさ。だからさっさと治せ――ってあぶねーっ」

サソリみたいな魔獣の尾《お》が、俺の後ろから信じられない速度で振り下ろされた。続けて大蛇《だいじゃ》の魔獣が俺を拘束しようと足下《あしもと》に寄ってくる。さらに、真っ黒い身体の悪魔《あくま》が魔法《まほう》を唱えようとしている。他にも魔獣がわんさか後ろにいた。トニーが魔剣を振っただけ魔獣が召喚されるからな。

「てめーら、弟との会話の邪魔《じゃま》をすんじゃねーよ！」

容赦《ようしゃ》なくぜんぶ蹴っ飛ばして王城の下に落としてやった。

うお、やばっ。少し目を離《はな》した隙にトニーが剣を構えて接近していた。俺の首をめがけて魔剣で連続で突《つ》いてくる。当たったら即死《そくし》だな。当たらないけどな。

「兄さん、逃げてばかりいないでもっと僕を攻撃して欲しいです！　兄さんの強さを僕に味あわせてくださいよ。さあ！　今すぐに！」

いやー、剣がないと無理だな。拘束されたままで倒せる相手じゃない。トニーは強すぎる。剣を取りに行った父はまだだろうか――。もう少し時間稼《かせ》ぎが必要か？

「なあ、トニー。なんで戦う標的が俺だけなんだ？」

盗賊《とうぞく》のボスにしろステファニーにしろ魔剣を振るときはかなり無差別だった。目の前の敵だけじゃなくて周囲も巻き込むような戦い方をしていた。

だけど、トニーは俺にしか攻撃してこない。

魔獣だって俺が倒しきれるように出す量を調整している感じがある。ギリギリのところで優しいトニーの気持ちが残っているのだろうか。

「標的が兄さんだけなのは――、僕が兄さんを心の底から尊敬しているからです！」

「つまり、尊敬していたのに情けないひきこもりなんかになったから最優先で斬り刻みたくなったってことか？」

「兄さんを情けないって思うわけがないじゃないですか！　あの地上最強の古代魔獣を追い払《はら》って街を救った人ですよ！　しかも、伝説のオバケが出たときは街中の子供たちを救い出して、隣国《りんごく》で食糧《しょくりょう》危機があれば誰よりも熱心に働いた。僕の自慢《じまん》の兄さんですよ！」

トニーが力いっぱいに魔剣を振るう。俺は華麗にしゃがんで避《よ》けた。そして、出てきた魔獣を次々に蹴り飛ばしていく。

「食糧危機についてはトニーの方が頑張《がんば》っただろ？」

「それは難しいクエストを兄さんが全て片付けてくれていたおかげです！　僕が対応したのは簡単なものばかりでした。兄さん、会話しながら戦っていると舌を噛《か》みますよ！」

距離《きょり》を取るが、トニーがすぐに追い付いてきて突き攻撃を繰り返してくる。突きだと魔獣は召喚されないんだな。それで少し対応が楽になっている。

「大丈夫さ。俺は余裕があるからな」

「余裕ってなんですか！　これは男同士の真剣《しんけん》な決闘《けっとう》なんですよ！」

「決闘？　マジか。俺、そういう認識《にんしき》じゃなかったな」

「そういう認識を持ってください！　今、僕は嬉しいんです。幸せなんです。兄さんが僕の剣と本気で向き合ってくれたのは五歳《さい》の頃以来なんですから！」

「え？　そんなに経《た》ってたか？」

「経ってますよ！　兄さんはそうやってずっと僕を見てはくれませんでした！　ずっと、ずっとです！　だから僕は兄さんに見てもらいたくて、追い付こうとして追い付こうとして、努力を続けてきたんです！　僕にとってこの決闘は！　真剣勝負は！　兄さんに僕をちゃんと見てもらうために大事なことなんですよ！」

……なるほど。トニーが抱えている悩みを理解できた気がする。トニーは俺をずっと見てくれていたんだな。だけど俺は――。

昔の俺は向上心の塊《かたまり》みたいな性格だったからな。自分のことばかりで後ろから追いかけてくるトニーのことはかわいい弟だなくらいにしか思っていなかった。トニーがしていた剣の修行《しゅぎょう》だって、なんか頑張ってるなーくらいにしか思っていなかった。それがずっとトニーには不満だったわけだ。俺に剣を見て欲しかったんだな。ずっと、ずっと。真剣に。

どうしよう。トニーがますますかわいく思えてきた。かわいいからこそ、圧倒的《あっとうてき》な強さを見せつけてかっこいい兄の姿を見せつけたいぜ。

剣は、まだか――？

「ヴィルなんとか君――――――――――――！」

来た。父上の声だ。城の下から俺を呼んでいる。

「この剣を受け取れ――――――――――――――――――――っ！」

父が、剣の切っ先を俺に向けて投げ飛ばした。凄い速度で剣が飛来してくる。

「父上、遅《おそ》すぎですよ！」

「貴様のために頑張ったのにそんな言葉しかかけられんのか！　いいか！　それは家宝の剣！　いや、かつて勇者が使っていた聖剣《せいけん》だ！　この国にそれ以上の剣はない！　不満はあるか！」

「ないですけど、なんでそんな凄い剣がうちにあるんですか！」

「誰が貴様なんぞに教えるか！　教えてやれるのは跡取《あとと》りにだけだ！　いいか、絶対にうちの大事な跡取りを傷つけるなよ！　その勇者の剣を使って一瞬《いっしゅん》で解決してみせろ！」

「父上ーーーーっ、ワンダースカイ家の跡取りは俺ですよーーーーっ！」

父が耳に手を当ててとぼけた顔を見せた。

「最近、耳が遠いのだ。わはははは、残念だったなーーーっ！」

俺は剣を迎《むか》えるために屋根の端《はし》まで走った。トニーがすぐ後ろから追いかけてくる。

「兄さん、両手を拘束された状態でどうやって剣を受け取るんですか！　僕がその手錠を斬ってあげますよ！」

「今のトニーは信頼《しんらい》できねーよ！」

「いえ、やってみませますよ！　絶対に動かないでくださいね！」

ほら、やっぱり。悪意に満ちたトニーは信頼できなかった。俺《おれ》の後頭部をめがけて剣を振り下ろしてきた。

俺は横に回避《かいひ》したが、硬《かた》そうなゴーレムの魔獣《まじゅう》と大型のドラゴンが召喚されてしまった。

こいつらは後回しだ。俺は飛んできた勇者の剣の柄《つか》を歯でキャッチした。よし、これで剣を使って戦える！

「見せてやるぜ。剣を投擲《とうてき》する珍《めずら》しい技だ！　勇者の神剣技《かみけんぎ》《疾風天駆《しっぷうてんく》》！」

俺は歯でつかんだ勇者の剣に魔法をかけた。そして、上空へと強く投げ飛ばした。猛烈《もうれつ》な風を纏《まと》って勇者の剣が空へと飛来していく。

これはたとえば、城壁《じょうへき》の上に顔を出した敵の王を下から投げ飛ばした剣で狙《ねら》い撃ちにする技だ。鎧《よろい》も肉体も貫《つらぬ》いてしまえる強力な技だな。

上空に舞《ま》い上がった勇者の剣が、俺の意志によって降下してきた。

「斬ります！　斬ります！　斬ります！　よそ見をしていると殺しますよ！　僕を見てください！」

トニーの攻撃を避けつつ、俺は勇者の剣を操《あやつ》った。

キイイイイインと空気を切り裂《さ》く音を響かせて、まるでハヤブサのように勇者の剣が飛び回る。縦横無尽《じゅうおうむじん》に飛び回らせてトニーを攪乱《かくらん》してから、トニーの胸に向けて勇者の剣を高速でアタックさせた。

「くっ――」

トニーは避けてしまったが俺に余裕《よゆう》ができた。

「よし、落ちてこい！」

正確に手錠へと勇者の剣を落とすことに成功した。

「よし、待たせたな。トニー！」

俺の両手が自由になった。勇者の剣を手に取り、腕《うで》に残っていた手錠を綺麗に斬り落とした。

頭上が暗くなったな。大型魔獣たちが舌なめずりして俺を見下ろしていた。

「邪魔だぞ？」

勇者の剣を振った。この勇者の剣、信じられない軽さと斬れ味だ。複数の大型魔獣をまるで紙のように一瞬で真っ二つにできてしまった。

トニーが俺と少し距離を取った。近すぎると一瞬で斬《き》られると本能で察したんだろう。

それが正解だよ。

トニーが真剣な表情になって剣を丁寧《ていねい》に構えた。その構えはトニーがまだ小さい頃に俺が教えてあげたものだった。それは今の俺とそっくりな構えでもある。

「兄さん、覚えていますか？」

「何をだ。トニー」

「あれは僕《ぼく》がまだ五歳の頃のことです――」

「かいつまんで頼む」

心外そうな顔をされてしまった。

「簡単に言うと僕は兄さんに、勇者の神剣技を教えて欲しいって言ったんです。そうしたら兄さんは、もっとトニーが強くなったら教えてあげるぜって言ったんですよ」

「へえ。全然覚えてないな」

「絶対にそうだと思ってました！　ゆえに今日、僕は兄さんを斬り殺します！」

「トニーはこじらせたヤンデレ彼氏《かれし》か何かな」

「兄さんを前にすると僕は面倒くさい系の男子に変わるんですよ！」

「お願い。素直で優しいトニーに戻《もど》って」

「ちょっと難しいですね。ということで、僕は本気で兄さんの命を奪いにいきますよ！　兄さん！　この一撃《いちげき》に僕の全てをかけます！　どうか受け止めてください！」

「おう、かかってこい、トニー！　兄の威厳《いげん》ってものを見せてやるぜーっ！」

お互《たが》いに間合いを取って後ろに飛んだ。そして、目が合った瞬間だ。兄弟で同時に突進《とっしん》をかけた。

トニーが吠《ほ》える。

「はああああああああああああああああああああっ！　僕は今日こそ、兄さんに認められる強い男になるんですっ！」

「うおおおおおおおおおおおおおおおおおおおおおおおっ！　いくぜーーーっ！　勇者の神剣技《烈風《れっぷう》》！　続いて、勇者の神剣技《ミラージュアタック》！」

俺は短距離超高速移動技《たんきよりちようこうそく》で瞬間移動のごとく間合いを詰《つ》めた。そして、幻影《げんえい》技で俺自信の幻影を複数作り出すことでトニーを錯覚《さつかく》させた。タイミングがずれただろうな。

「そして——。トニー！　今日はお前のために大盤《おおばん》振る舞《ぶ》いをしてやるぜ！」

ここからさらに、俺は勇者の神剣技を重ねるぞ。俺の最強コンボを見せてやる。

そうすることで俺はトニーの真剣な気持ちに応えるんだ。これは真剣勝負の決闘。男として手を抜いたら絶対にダメなやつだからな。

俺は勇者の剣に魔力を込めた。刀身が強く煌《きら》めきだす。

その強い煌めきはまるで太陽のごとくだ。街を、国を、世界を、強く強く照らすような圧倒的な輝《かがや》きを放った。

これは俺の最強剣技の一つだ。かつて勇者と呼ばれた人間がとっておきにしていた剣技

の一つでもある。

「勇者の神剣技、奥義《おうぎ》！《閃煌《せんこう》》ーーーーーっ！」

勇者の剣と魔王の魔剣がぶつあり合う。

それは強い衝撃《しょうげき》を生み出し、耳を覆《おお》いたくなるような大きな金属音をあげた。そして、王城の屋根をえぐって吹き飛ばす強烈な風圧を巻き起こす。

お互いに渾身《こんしん》の技だ。トニーの剣技だって恐《おそ》ろしい威力《いりょく》がある。

剣技を出し切って、すれ違い、俺たちは背を向けて制止した。

一瞬、静かな時間があった。

それからすぐに、王城の遠くの屋根に剣が一振り刺さった音がした。その音を出したのは魔王の魔剣カタストロフィだ。

俺はかっこよく剣を肩《かた》に乗せた。キザっぽい顔を作って振《ふ》り返る。

「ふっ、やっぱりまだまだだな。優秀な俺にはそう簡単には追いつけないぜ、トニー」

「やった。やった。やった。やった。やったぞーーーーーーーーーーーー！」

トニーが両手でガッツポーズをあげた。

あ……れ……？

おかしいぞ。俺、めちゃくちゃかっこよくトニーに勝ったんだけど。なんでかトニーが喜んでいる。ガッツポーズを繰《く》り返して、拳《こぶし》を何度も天に掲《かか》げている。あれって、負けた方がするポーズじゃないよな。

「どう見ても俺の勝ち……だと思うんだが……？」

　喜色満面、トニーが振り返った。

「僕、兄さんに傷をつけることができましたよ！　兄さんの身体能力強化と防御魔法《ぼうぎょまほう》を超《こ》えることができたんです！」

「は？」

　言われて気がついた。ほっぺにかすかなダメージがある。ほんの少しだけ血が滲《にじ》み出ていた。

「え、これがなに？」

「嬉しいです！　本当に嬉しいです！　兄さんが強さを認めてくれる条件、それは兄さんに傷をつけることですよね！」

　ああ、思い出した。ちょっと前にトニーとそんな会話をしたかもしれない。

「最高の気分です。ここまで来るのに一〇年かかりました。やっと兄さんに強さを認めてもらえる日が来たんですよ！　こんなにテンションが上がったのは生まれて初めての経験です！」

トニーが嬉しさのあまり仰向《あおむ》けに倒《たお》れた。そのまま拳を掲げてガッツポーズを繰り返す。ウキウキ気分でそのままゴロゴロした。

しばらく堪能《たんのう》してから、トニーは仰向けのまま俺を見た。

「兄さん」

「なんだ？」

「僕に勇者の神剣技を教えて欲しいです！」

「はい？　そんなの別にいつでも教えるぞ？」

「やった。やった。やった。やった。やったー！　五歳の頃《ころ》からの夢が叶《かな》いました！」

え、もしかして、それがトニーの抱えていた悩みか？

俺、もしかしたらトニーのことをまだちゃんと理解できていないのかもしれない。こんなに喜ぶことなんだろうか。トニーから見たら俺って話しかけにくい兄だった可能性がある？

今後はもっと時間をかけてトニーと向き合っていかないといけないかもしれない。俺は強くそう思った。

◇

歓喜《かんき》の気持ちでいっぱいのトニーをほっといて、俺は王城の屋根の端まで来た。

王城の手前の広場では魔獣との戦いがまだまだ続いている。魔獣は数多くいるし、どれも強くて凶暴《きょうぼう》なやつばかりだ。それに街にも魔獣が入り込んでしまっている。

「状況《じょうきょう》はかなり劣勢《れっせい》。このままじゃマズイな」

なんとかしないといけないが、一匹《ぴき》一匹倒すのはだるすぎる。というわけで、一掃《いっそう》しようと思う。

「魔眼《まがん》、発動――」

俺は魔力を高めに高めた。周囲の魔力を取り込んでどんどん高みへと上っていく。人間の限界を超えて、常識までも飛び越《こ》えていき、世界を揺《ゆ》るがすような極限にまで達する。

俺の目は地上最強の古代魔獣のように真っ赤で恐ろしいものになっているだろう。

「さあ、見せてやるぜ、魔王の極限魔法だ！」

場にいる全ての魔獣をロックオン。全ての魔獣を攻撃する超強力《ちょうきょうりょく》な魔法を使う。

俺は手を天へと、いや、宇宙へと掲げた。そこにある物体が俺の魔法に呼応する。

「さあ、怯《おび》えろ！　ぜんぶ潰《つぶ》れて滅《ほろ》びやがれ！　隕石魔法《いんせきまほう》《メテオバースト》――！」

俺が魔法を放った一瞬の後だ。

空から恐ろしい何かが降ってくる恐怖感《きょうふ》が場を覆った。人も魔獣も、みんなが空を仰いだぞ。

そしてそのすぐあとだ。恐ろしい魔獣のうなり声のような落下音が空から響いてきた。天から急降下してくるのは隕石《いんせき》だ。火を纏って、目に捉《とら》えるのが不可能なほどのスピードで降ってくる。その隕石は俺がロックオンした魔獣たちへと次々に墜《お》ちていった。

魔獣たちは断末魔《だんまつま》の声をあげることもできずに一瞬で絶命していった。

絶望的な乱戦だった場が、あっという間に静かになっていく。

何が起こったのか分からなかったんだろう。みんな、呆然《ぼうぜん》としながら、潰れた魔獣と墜ちてきた隕石をただただ見ている。

「今のは間違《まちが》いなく魔王様の極限魔法ですっ。やっぱり間違いありませんでした。ヴィルヘルム・ワンダースカイ様、あなた様こそ、この時代の魔王様に最も相応しいお方です！」

俺の目の前をふわーっと飛ぶ妖精《ようせい》がいる。フィーネだな。

「私は幸せでいっぱいです。魔剣カタストロフィはあなた様にこそ相応しいとはっきりと分かりましたから」

「いや、そもそも魔剣カタストロフィは処分されると思うが……？」

「そ、そんなっ。ようやく新しい魔王様に出会えましたのにっ」

「それは可哀相《かわいそう》になー」

「うわ、興味のカケラもなさそうな言い方ですっ。でもでも、魔王様に魔剣カタストロフィを守ってもらいたいなって私は思うんです」

「俺はそんなことしないなあー」

「ふっふっふ。ところがどっこい。残念でしたー。これからの私たちって運命共同体になるんですよー？　イヤでも私を守ってもらいますからねっ」

フィーネが俺の右手に飛んできた。そして小さな手で俺の手と握手《あくしゅ》をする。あれ、握手ができたぞ。

「フィーネの身体って触《さわ》れるんだっけ？」

「魔剣カタストロフィに魔力が溜まりきると触れるようになるんですよ。はい、というわけで、ふつつかものですがどうぞこれから末永くよろしくお願い致《いた》しますね！」

あれ、フィーネが消えたと思ったら俺の右手に魔剣カタストロフィがあった。

え、やばいぞ。俺はいつの間に魔剣の柄を握《にぎ》っていたんだ。

フィーネに幻覚《げんかく》でも見せられていたのか。俺の中に邪悪《じゃあく》な心が芽生え――る感じがしたけど抑《おさ》え込めた。これ、ある程度強くなると剣の闇《やみ》にはのまれないんだな。つまり、みんな修行不足だったんだ。

「さあ、魔王様。戦いで疲《つか》れ果てている民衆に威光《いこう》を示しましょう！　ここに魔王様ありと、かっこつけてみせるのです！」

魔剣からフィーネの声が聞こえてきた。

「ちょ、えええええええっ。剣が勝手に動いたぞ！」

俺が右手で握ったまま魔剣が勝手に動いてしまった。王城の屋根の上に勇ましく立ち、魔剣を天高く掲げるポーズをとってしまっている。

いつの間にか夕焼け空だ。オレンジ色の陽光が魔剣に当たって煌めいた。

みんなが俺を見上げる。呆然としていた人々の瞳《ひとみ》に光が戻ってきたように見えた。

「あれは、魔王様よ！　魔王様が王城の上に立っているんだわ！　ヴィルヘルム様が私の願いを叶えてくれたの！　あれってきっと、旗揚《はたあ》げするから俺について来いってことよ！」

ステファニーが叫《さけ》ぶ声が聞こえてきた。

「ち、違う！　俺はそんなつもりは！　この魔剣が勝手に動いたんだ！」

しかし、俺の声を誰《だれ》も聞いてはくれなかった。

「あれは新聞によく載《の》る人？」

「ワンダースカイ家のひきこもり魔王？」

「どこからどう見てもまさしく魔王じゃな。ほっほっほ。恐ろしいが頼《たの》もしい。あれでは崇《あが》めたくなるわい。ありがたやー」

「魔王！　魔王！」

　誰かが連呼し始めた。すると、不思議と他の人たちも魔王、魔王と続きだした。

「「「「「「「「「「魔王！　魔王！　魔王！」」」」」」」」」」

「違うって！　俺は魔王じゃない！　どちらかと言えば勇者だ！　ていうか、ひきこもりだーっ！」

「「「「「「「「「「魔王！　魔王！　魔王！」」」」」」」」」」

「やーーーめーーーてーーーくーーーれーーーー！」

　俺の悲痛な叫びは誰にも届かなかった。

「「「「「「「「「「魔王！　魔王！　魔王！」」」」」」」」」」

　大合唱が止まらない。

　遠くからでも分かる。ステファニーが一番大喜びしていた。

エピローグ

俺は国王の玉座の前に出頭させられていた。周囲には屈強《くっきょう》な兵士たちばかり。

国王は父と同じくらいの年齢《ねんれい》だけど髪も髭《ひげ》も白くてもじゃもじゃだ。背が高くて威厳のある顔付きをしている。

そんな国王がやれやれと言いたげな表情で俺を見下ろしている。そのすぐ近くには父が立っている。父の顔は国王とは対照的に晴れやかだ。

「国王様、こちらが大罪人のヴィルヘルムです」

「うむ。よく知っておる。そなたのせがれだな」

「え？　いや、彼《かれ》は赤の他人ですが」

「はあ？　そなたはヴィルヘルムが生まれたときに、アホみたいな親バカ顔で連れてきて私に強引《ごういん》に抱《だ》っこさせたではないか。もう忘れおったのか？」

「その長男はもう死にました。悲しいことを思い出させないで頂けますか？」

「こらこら、目の前に生きておるではないか。国宝の魔剣を大事そうに装備してな」

「他人のそら似です」

「はあ、もうよい。で、ヴィルヘルムよ。そなたそんなにその魔剣を気に入ったのか？」

「ぜんぜん気に入ってませんっ。こいつ、どうやっても離れないんですよっ」

そう、魔剣カタストロフィは俺の身体にひっついたまま離れない。たぶん、フィーネが呪いか何かをかけているんだろう。色んな人にひっぱってもらったけど決して離れなかったし、呪いを解除する魔法を使っても無効化されてしまった。

国王がはあーと深い溜《た》め息《いき》をついた。

「最後の最後に余計なことさえしなければなー、ヴィルヘルムには勲章《くんしょう》の一つでもやろうと思っていたのだがなー」

父がすげー不満そうにした。

「勲章などもったいないですよ。勲章の格が下がってしまいますぞ。やはりここは国外追放でしょう。いや、強制労働の方がこやつは反省するでしょうか。え、たりない？　そんなまさか極刑《きょっけい》？　国王様、なんてお厳しいっ」

父上～……。国王様の前でもそのノリなんですか。

「こらこら、そなたは黙《だま》っておれ。あともう少しくらいは息子《むすこ》に愛を捧《ささ》げよ」

「後者は丁重《ていちょう》にお断りさせて頂きます」

「はあ……、ヴィルヘルムよ、苦労しておるな……」

「そうなんです……」

同情してくれる人がこんなところにいた。

「さて、ヴィルヘルムに問いたい。そなたは魔王《まおう》を名乗ってこの国を奪うつもりか？」

「考えたこともありません。俺が欲しいのは安心してひきこもれる楽園だけですから」

「はあ……、そなたまだ、ひきこもりなんぞを続けていたのか……」

「いいえ、つい最近は馬車馬のように働いていましたよ」

「もう子供ではない。働くのは当たり前のことだぞ」

父がやーいやーいと言いたげな表情で煽《あお》ってくる。しゃべらなくてもうるさい人だな。

国王が威厳をもって立ち上がった。迫力が凄いなんてものじゃない。

「ヴィルヘルムよ。そなたの処遇《しょぐう》について伝える」

ごくり。いくらなんでも王城の上に立ち魔王の扱《あつか》いを受けただけで極刑はないと思うんだけど、ちょっと怖《こわ》いな。

「国宝魔剣《まけん》カタストロフィはしばらくそなたに預けることにする」

「えっ、いりません！」

「拒否《きょひ》は不可能だ。所有者が悪意を持ってしまう恐ろしい機能を消すことができたら、そのときは速《すみ》やかに国に返却《へんきゃく》すること」

「では、今すぐに叩《たた》き折ってご覧にいれましょう！　すぐに恐ろしい機能が消えます！」

俺は背中にひっついていた魔剣を両手で持って太ももに叩き付けようと――。フィーネが出てきた。

「待ってーーーっ、待ってくださいーーーっ。いいこにしてます。いいこにしてますからどうかーーーっ。お願いですっ。後生ですから叩き折るのだけはーーーっ」

「なに言ってんだ。魔剣に後生なんてあるかっ」

「そんな殺生《せっしょう》なーーーっ」

「ヴィルヘルムよ、国宝を気軽に傷つけていいと思うなよ？」

「え、国王様、なんで魔剣寄りなんですかっ」

「そなたを見ていたら面白《おもしろ》くなってきたからだ」

くっ、こういう人だったのか。

「まあ冗談《じょうだん》はともかくだ。そなたにはしばらくやってもらいたいことがある。そのためにもその魔剣は必要だろう」

「やってもらいたいこと……？　ひきこもりの俺にですか？」

「そうだ。重い腰《こし》を上げてもらうぞ。美術館から奪《うば》われた魔王の遺物だが、残念なことに一つ残らず完全に行方《ゆくえ》知れずになってしまったのだ。それを全て回収してもらいたい」

「えっ、ええええええええええええええええええええっ。そんなしんどそうな仕事をやったらひきこもれないじゃないですかっ。ていうか、それって公務員の仕事ですよねっ」

「風の噂《うわさ》によるとだが、そなたはそろそろ就職を考えていると聞いているのだが」

「だ、誰がそんな余計なことをっ」

リリアーナ？　エーデル姉？　該当者《がいとうしゃ》はあまり多くないぞ。ちくしょー。

「ふふふ、誰であろうな？　まあそれはいいではないか。そなたが公務員を選んでくれることを私としては望むが、別に何の職業を選んでくれてもいい。ヴィルヘルムにはその権利がある。ただ、それとは別に、この仕事だけはどうしてもやってもらいたいのだ。魔王の遺物が悪意を持った人間の手に渡《わた》ってしまったらどうだ？　そなた以外ではどうにもならないだろう。魔王の遺物をそなたが全て国に戻すことをもって、ヴィルヘルム・ワンダースカイは魔王の疑いなしと声明を出すことを約束しよう」

「……分かりました」

「うむ。では勲章は出せないが、そなたに褒美《ほうび》を取らせよう。こたびはよく働いてくれた。おかげでシーガル公国との友好は保たれたぞ」

けっこうな額のお金と感謝状を受け取ることになった。

　ただ、父のしつこいお願いがあり、お金は俺個人じゃなくてワンダースカイ家に届けられることになってしまった。安易にひきこもらせないための取り計らいらしい。

「以上だ。他に何かあるか、ヴィルヘルム」

「この騒《さわ》ぎの結末ってどうなるんでしょうか」

「両国の友好は維持《いじ》され、大公は我《わ》が国《くに》と聖女からの大量の食料を持って帰り、めでたしめでたしだな」

「実は一人、友人が巻き込《こ》まれてしまいまして」

「ああ、ステファニーなら大公と共に帰国したぞ」

「え？」

「彼女《かのじょ》はシーガル公国の貴族令嬢《れいじょう》だ。養子だそうだが、貴族は貴族。友好にヒビが入らぬよう、処遇は大公に全て任せることにした」

「え、でも家出したって。貴族令嬢が一人で海を渡ってここまで来たんですか？」

「魔王信仰《まおうしんこう》が行きすぎて家を飛び出してしまったと聞いている。ご家族が心配して捜索願《そうさくねが》いまで出していたそうだぞ。未成年でもあるから我が国としては何もせん。まあ、盗賊たちには容赦なくきついお仕置きが待っているがな。はっはっは——」

　貴族令嬢——。貴族令嬢——？　あのぽんこつマジシャンが？　俺の中の貴族のイメージが崩《くず》れてしまった。世の中って分からないな。まあでも、幼少期に大変な思いをしたステファニーが、家出をすれば行方を心配してくれるような温かい家族と巡《めぐ》り合《あ》えていたのなら俺は少し安心したよ。

俺は国王に深々と礼をした。そして、退室する。

これで一件落着だ。ひとまず〈グラン・バハムート〉に戻ってから実家にひきこもる準備をしようと思う。仕事についてはそれからだな。

◇

夜になった。

アーニャの美味《おい》しいご飯をしっかり堪能したし、俺はこれからひきこもりに戻るぜ。〈グラン・バハムート〉の仕事はトニーにぜんぶ任せることにした。トニーは友好式典で迷惑《めいわく》をかけたお詫《わ》びに馬車馬のように働くと宣言したからな。トニーに任せておけば心配はないだろう。

俺が〈グラン・バハムート〉の玄関《げんかん》に行くとアーニャが悲しそうにした。

「ヴィル様、寂《さび》しくなります」

俺はアーニャの頭をぽんぽんした。

「まあまた、そのうちふらっと来るさ」

「本当ですか？　美味しいご飯をお作りして待っていますから絶対に来てくださいね」

「……ああ、楽しみにしてる」

アーニャと手を振って別れて〈グラン・バハムート〉を出た。

夜道を一人で歩いて行く。

夜空を見上げると綺麗《きれい》な星空が広がっていた。俺はふうと息を一つ吐《は》いた。

「さーて、就職、すっかー」

しっかりひきこもったあとにだけどな。どこに就職するか、じっくり考えるぞ。

「ヴィルヘルム君」

王城の方から歩いてくる女性がいた。公務員のクールな女性だな。

「リリアーナ、仕事の帰りか？　なんでこんなところにいるんだ？」

「そろそろひきこもるだろうなと思いまして。あなたにはその前に、ぜひやってもらいたいことがあるんです」

エスパーかよ。俺がひきこもるタイミングをバッチリ当ててやんの。

「やってもらいたいことって？」

「就職の面接です」

俺は足を止めた。リリアーナは足を止めない。俺に近づいて手を握ってくる。そして、俺を引っ張って歩き出した。

「ちょ、待っ。なんで面接なんだよ」

「同期の採用担当がヴィルヘルム君の面接を担当してくれる話になっているんですよ。彼女なら三分くらいそれっぽい会話をすればすぐに採用を決めてくれますよ。私も付き添《そ》いますから行きましょう」

「いや、俺はひきこもるし」

「でも、就職することに気持ちが傾《かたむ》いているでしょう?」

バレテーラ。

「私、あなたの考えることはぜんぶ分かるんですよ」

「それ、母ちゃんのセリフな」

「また女性に嫌《きら》われることを言って。ほらほら、行きますよ」

リリアーナが俺の手を引く。

「まっ、待ってくれ。俺、実は引く手あまたなんだよ。別に公務員にこだわる必要はない状況なんだよな」

引く手あまたって言っても他には教会からの誘《さそ》いしかないけどな。

「残念ですけど、ヴィルヘルム君には公務員以外に進む道はありませんよ？」

「その心は？」

「あなたのお世話をする女性が他の職場にはいないからです」

「公務員でも同じじゃないか？」

「私がいるじゃないですか？」

リリアーナが足を止めた。振り返る。少し上目遣《うわめづか》いにしてあざとくしている気がする。

「まあ、リリアーナと一緒《いっしょ》に仕事をするのは楽しそうだけど」

リリアーナが嬉《うれ》しそうにしてくれた。

「嬉しいです。では、さっそく行きましょう。採用が決まったらお酒を飲みに行きましょうね。私が奢《おご》りますよ」

「……それもいいかもな」

リリアーナが明るい顔でニコニコした。喜んでくれる人がいるっていいことだよな。

たったったったっ――。妖精みたいな軽い足音が聞こえてくる。音のした方を見てみれば、アーニャが走って来ていた。

「あれ、どうしたんだ、アーニャ。なんか忘れ物でもあったか？」

「どうしても不安になってしまいまして」

アーニャが俺とリリアーナを見た。リリアーナが俺の手をつかんでいるのを確認《かくにん》した。

それで何かを察したんだろう。

「私、ヴィル様が必要です！」

「お、おう？」

「ずっと、ずっと傍《そば》にいて欲《ほ》しいです。五年後、一〇年後も、一〇〇年後も」

「一〇〇年後はさすがに無理が——」

「末永く、私にお世話をさせてくださいませんかっ。ヴィル様にお世話をするのが私の一番の幸せなんですっ」

アーニャが瞳を潤《うる》ませている。このまま俺がリリアーナに手を引かれていったら泣き出してしまいそうだ。アーニャを泣かせるのは、俺には無理だな。

俺はリリアーナの手を離《はな》した。しかし、逃《に》がすまいとリリアーナの手が追ってくる。俺は避《よ》けた。しかし、どこまでもリリアーナの手がついてくる。蛇《へび》みたいな執念深《しゅうねんぶか》さだ。

「あはは……、ごめん、聞こえちゃった。ヴィル君、修羅場《しゅらば》になっちゃってるね」

違《ちが》う道からソフィアさんが出てきた。アーニャの小さい肩に手を置いた。

「ねえ、ヴィル君、良かったらさ、また私たちと一緒にクエストをしようよ。私、ヴィル君が一緒にいてくれるとクエストをするのが凄《すご》く楽しいんだ」

「それは俺もそうですけど……。俺って就職しなくてもいいんでしょうか？」

「うん、いいと思うよっ！」

「ちょーーーっと待ってください。ヴィルヘルム君を肯定《こうてい》しないでください。甘《あま》やかさないでください。エサも与《あた》えないでください！」

「俺は動物か何かなのかな……」

「ヴィルヘルム君には本当に残念な甘え癖《ぐせ》があるんですよ。甘やかしたらふらふらーっとそっちに行ってしまうんですっ」

「うん、リリアーナさん、私それ、知ってるよ」

「でしたら、甘やかさないでください。せっかくこの子がやる気になったんですから！」

俺はリリアーナの肩に手を置いた。リリアーナがこっちを見る。

「なあ、リリアーナ。俺な、実はもう履歴書《りれきしょ》を書いてあるんだよな。ほらこれ。真面目に書いてあるだろ。どこかしらに就職する気は本当にあったんだよ」

リリアーナがホッと胸をなで下ろした。俺は履歴書を両手で持った。

「でももう、これは必要ないと思うんだよな」

上からビリビリ、履歴書を破り捨てた。

「あああああああああああっ。なんてことをーーーーーーーーーーーーっ！」

「なあ、リリアーナ。ひきこもりの俺《おれ》なんかをさ、必要としてくれている人がこんなにたくさんいるんだぜ」

「たくさんって、たった二人じゃないですか。世間的にはとても少な——」

「俺に世話を焼いてくれるって言うかわいい女の子だっているんだぜ」

「私だって世話焼きの立候補をしたんですけど！」

「でも、ひきこもりの俺がかわいいギルドマスターに世話を焼かれまくったたって別にいいだろう？」

「よくありませんっ。綺麗にまとめようとしないでくださいっ。逃がしませんよっ。これから二人でじっくり話し合いましょう。これからの人生についてじっくりとです。今夜は決して寝《ね》かせませんからねっ。私、ヴィルヘルム君をもう一度改心させてみせますから」

アーニャが嬉しそうに寄ってきた。

両腕《りょううで》を広げて俺の胸にぴょんと飛び込んでくる。かわいく抱きついてくれたぞ。温かくてかわいい感触《かんしょく》がいっぱいだ。

「ヴィル様、嬉しいです。私は街で一番の幸せ者です」

その笑顔《えがお》は、まるで天使のようにかわいかった——。

あとがき

おひさしぶりです。最高にくつろげる環境にひきこもりながら毎日かわいいヒロインたちにお世話合戦をされてみたいなー、なんて妄想している東條功一です。

ああ、主人公のヴィルが超うらやましいな。ひきこもり生活をしながらも身近にかわいいヒロインがいるのがうらやましいです。あと、もふもふなでっかい生き物が傍にいるのも超うらやましいです。とてももふりたい！

まあ、これを書いている今は夏真っ盛りなので、ミューちゃんがもしも目の前にいたら暑さが倍増しそうですけどねっ。そういえばミューちゃんって体温はどれくらいなんでしょうね。なんとなくほっかほかな印象がありますけど……。

夜になるとアーニャはいつもミューちゃんと一緒に寝ているんですよね。夏は暑くてたまらなそうですね。逆に冬は温かくてミューちゃんにしがみついて眠っていそうです。そんなアーニャを想像すると凄くかわいいですね！　冬におすすめです、ミューちゃん。

はい、というわけで、三巻、いかがでしたでしょうか。二巻に引き続き、お手にとってくださって本当にありがとうございます！

今巻は魔王の魔剣をめぐる物語でした。いやー、なんとも物騒な魔剣でしたね。その魔剣を作った魔王はだいぶ前の時代の人なんですけどね。ヴィルたちの生きる時代でも大問題を起こしてしまったという。魔王がいかに凄い人物だったのかがうかがい知れますね。そんな魔王をかつてどうにかすることができた勇者もまた超凄い人物かと。

今巻は、そんな超凄い二人の影響をもろに受けているヴィルの、どちらの面もが色濃く出たんじゃないでしょうか。勇者にも魔王にもなれてしまう。それゆえに問題も付きまとってしまうという……。きっと今後も、ヴィルには良い期待や悪い欲望が集まっていくことでしょうね。

ま、そんな本人が一番なりたいのはひきこもりなんですけどね。そこが周囲の人々を凄くがっかりさせていますし、そのなかでも一番がっかりしているのはリリアーナでしょうね。ひきこもり生活、作者の私としては憧れるんですけどねー。

今回はまだまだページに余裕がありますね。では、新キャラについて書きましょう。

まず、トニーです。優秀なお兄さんにひがんだりせず、むしろ憧れて真っ直ぐに育ってくれたとても良い子です。お兄さんが暗くてじめじめした印象のあるひきこもり系キャラですので、見た目や性格を思いきって真逆にしてみました。そうしたらなんともかわいい弟感のあるイケメン王子様になってくれました。父ロバートから大きな期待を受けてしまうのも分かるってものですね。私としてもものすごく好きなキャラになりました。

次にかわいいステファニーちゃんですね。いつか出したいなと思っていたピンク髪ツインテールなキャラです。書いて動かしてみたらとても楽しくて、今ではすっかりお気に入りのキャラになりました。手品がへたっぴなのはかわいさを求めまくった結果です。でも、ステファニーは頑張り屋さんなのでいつか手品が上手くなるんじゃないでしょうか。そんな日がくるといいですね。頑張るステファニーを私は応援していきたいです。

続きまして、本作のコミカライズについての話を少々。

おかげさまで春に連載が始まりまして大好評だと聞いています！

読んでくれた皆様、応援してくれた皆様、本当にありがとうございます。そして、未読の皆様、ぜひぜひ読んでみてください。漫画家ミト先生の描くひきマスワールドはとてもかわいいが溢れていますよ。とてもおすすめです。

最後になってしまいましたが謝辞を。

にもし先生、今作もご担当ありがとうございます。新キャラのデザイン、最高にかわいいです！　あと、ひきマスのカバーイラストはラノベ界の最高峰だと常々思っています。本当に感謝がいっぱいです。

コミカライズ担当のミト先生、毎月ネームや原稿をわくわくしながら読ませてもらっています。ご担当してくださって嬉しいです。ミト先生の描くキャラはみんな大好きですけど、最近では特にミューちゃんがお気に入りです。表情や仕草が良すぎてたまりません。

本作の出版に関わってくださった皆様、おかげさまで発売することができました。皆様の支えあってのことだと思っております。とても感謝しております。

そして、本作を手に取ってくれた皆様、本当にありがとうございます！

それでは、ヴィルたちの次のお話でまた皆様と会えることを祈りつつ――。

二〇二二年　八月　東條功一

HJ文庫 https://firecross.jp/
1035

ひきこもりの俺がかわいいギルドマスターに世話を焼かれまくったって別にいいだろう？ 3

2022年10月1日　初版発行

著者──東條 功一

発行者─松下大介
発行所─株式会社ホビージャパン

〒151-0053
東京都渋谷区代々木2-15-8
電話　03(5304)7604（編集）
　　　03(5304)9112（営業）

印刷所──大日本印刷株式会社

装丁──小沼早苗（Gibbon）／株式会社エストール

Printed in Japan

ISBN978-4-7986-2965-0　C0193